青春豬頭少年不會夢到兔女郎學姊

鴨志田一

插畫 溝口ケージ

Kadokawa Fantastic Novels

「嚇我一跳。你還看得見我啊。」
「這是怎樣？」

這天，梓川咲太遇見了野生的兔女郎。

梓川咲太
活在這個時代卻沒有手機，有點古怪的高中二年級學生，就讀縣立峰原高中。在圖書館遇見打扮成兔女郎的麻衣，逐漸熟識。
「是～～」

「結束之後會陪你繼續約會，
在旁邊等一下吧。」
櫻島麻衣
峰原高中三年級學生。以童星身分出道而活躍，轉型成為女演員後廣受歡迎。不過兩年前突然停止演藝活動，現在過著平凡高中生的生活。

「看來梓川你的心中
沒有細膩或羞恥心之類的
概念呢。」
雙葉理央
峰原高中二年級學生，咲太的朋友。參加社團是只有一個社員的科學社。總是穿著白袍，是知名的怪人。

古賀朋繪
咲太幫迷路小女孩找母親的時候，誤認他是變態的冒失女高中生。後來得知她是咲太的一年級學妹。
「別……別說我可愛啦！」
「楓的身體成分有一半是對哥哥的心意喔。」
梓川楓
咲太的妹妹，今年滿 15 歲。基於某些原因，只跟咲太兩人住在一起。非常喜歡飼養的貓咪那須野。睡衣是熊貓布偶裝。

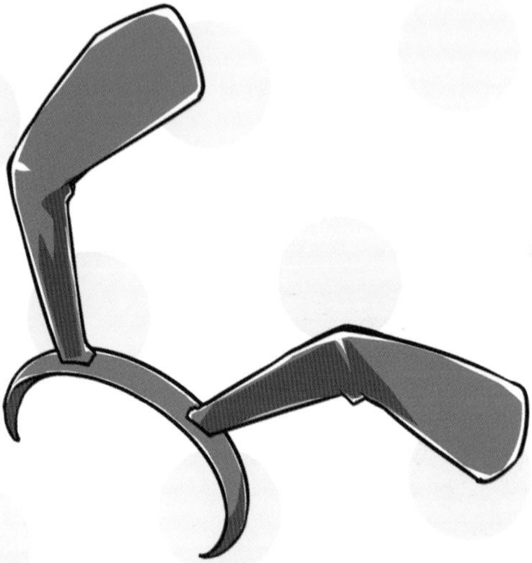

青春豬頭少年不會夢到兔女郎學姊

鴨志田一

插畫 溝口ケージ

Kadokawa Fantastic Novels

——欸，來接吻吧？

說出這句話捉弄我的她，不久之後從我面前消失了。

總歸來說，這是我與她與她們之間，稀鬆平常的戀愛故事……應該是這麼回事吧。大概。

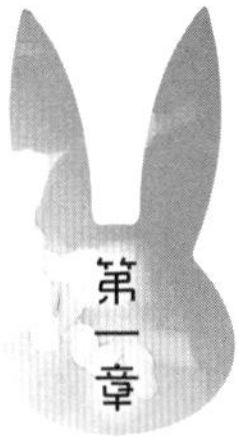

第一章

學姊是兔女郎

1

這天，梓川咲太遇見了野生的兔女郎。

黃金週的最後一天。

從住家公寓騎腳踏車約二十分鐘，映入眼簾的是小田急江之島線、相鐵泉野線、橫濱市營地下鐵等三線交會的湘南台車站周邊街景。具備郊外氣息，沒什麼高樓大廈，祥和的衛星都市。

咲太在左手邊看得到車站的紅綠燈右轉。騎不到一分鐘，就抵達目的地圖書館。

將腳踏車停在大約半滿的腳踏車停車場，進入圖書館。

即使來過多少次，身體也遲遲不適應圖書館特有的靜謐，稍微緊繃。

不愧是這附近最大的圖書館，使用人數很多。進門旁邊的書報雜誌區，眼熟的大叔今天依然眉頭深鎖地閱讀體育報，大概是支持的球隊昨天輸球吧。

走到借還書的櫃檯前面，看見深處並排的座位大多有人坐。高中生與大學生，打開筆電的社會人士也很顯眼。

咲太遠眺眾人確認狀況，移動到擺放現代小說精裝本的書櫃前方，稍微低頭依序檢視以五十音順整理排列的書背。他尋找的是「Yu」行。矮書櫃只有身高一七二公分的咲太腰部高。

咲太很快就找到妹妹委託幫忙找的書。作者是「由比濱琹奈」，書名是《送毒蘋果的王子》。記得是四五年前出版的作品。妹妹似乎喜歡這位作者的前作，決定看她所有的作品。

咲太從矮書櫃抽出略微老舊污損的這本書。

他抬頭要將書拿到借還書櫃檯。就在這一瞬間，「那個」進入他的視野。

隔著書櫃的正前方，站著一名兔女郎。

「……」

咲太眨了眨雙眼。原本懷疑是幻覺，不過看來不是。輪廓與存在都很清晰。

腳上是黑色亮皮高跟鞋，看得見膚色的黑褲襪包覆修長雙腿。緊身衣同樣是黑色的，凸顯她纖瘦卻玲瓏有致的身體曲線，胸口露出不火辣卻明顯的乳溝。

手腕的袖飾是畫龍點睛的白色，頸子的蝴蝶結同樣是黑色。

去掉高跟鞋的高度，身高約一六五公分。威嚴的臉蛋掛著有點無聊的表情，洋溢成熟的慵懶與魅力。

咲太剛開始猜測應該是攝影之類的，不過環視周圍沒看見像是電視台人員的大人們。她完全是一個人，單獨不受拘束。說來驚人，是野生的兔女郎。

在午後的圖書館，她的存在當然格格不入。該說走錯地方嗎……說起來，兔女郎棲息的地

方，咲太只想得到拉斯維加斯的賭場，或是有點低俗的那種店，總之她不該出現在這裡。

只不過，真的令咲太由衷吃驚的理由是另一個。

她明明如此花俏又顯眼，卻沒人看她。

「這是怎樣？」

咲太不禁說出聲。附近的圖書館員投以「請安靜」的視線。「不對不對，你應該更在意另一個人吧？」咲太一邊簡單低頭回應一邊心想。

不過正因如此，咲太得以確信一件奇妙的事。

沒人注意兔女郎。不是視而不見這麼簡單，是根本沒察覺。

一般來說，要是惹火的兔小姐就在旁邊，即使是眉頭深鎖與六法全書奮鬥的學生也會抬起頭，看報紙的大叔也會假裝看報紙並且偷看。圖書館員在這種狀況下，應該也會客氣地告誡「您這身打扮……」才對。

很奇怪。明顯很奇怪。

簡直是只有咲太看得見的幽靈。

冷汗從背上滑落。

兔女郎無視於咲太的驚慌，拿起一本書走向深處的自習區。

途中，她窺視正在用功的女大學生臉龐，惡作劇地吐舌頭；走到正在操作平板電腦的社會人士前面，像在確認對方看不見，將手伸到對方的臉與螢幕中間上下移動。她確認兩人毫無反應之後，露出滿意的笑容。

後來，她坐在最深處的空位。

坐在正前方查資料的男大學生沒察覺她。即使她將稍微下滑的緊身衣胸口往上拉，對方也毫無反應。明明肯定位於視野範圍內……

不久，男大學生大概是查完資料了，若無其事地開始整理東西，接著若無其事地離開座位。離開時也未曾低頭朝她的胸口一瞥。

「……」

咲太苦惱一陣子之後，接替大學生坐在剛好空出來的這個座位。

他目不轉睛地注視眼前的兔女郎。裸露的雙肩到上臂的柔和曲線、頸子到胸口的雪白肌膚。隨著呼吸緩緩起伏的這些部位莫名誘人，明明位於象徵「正經」的圖書館裡，心情卻似乎會變得怪怪的。不對，是已經變得很怪了。

不久，她從手中的書上揚起視線，兩人四目相對。

「……」

「……」

彼此眨了兩次眼睛。

先開口的是她。

「嚇我一跳。」

聲音帶著些許調皮的惡作劇氣息。

「你還看得見我啊。」

講得好像別人看不見她。

不過，以這種方式解釋她這句話應該是對的。因為事實上，周圍沒有任何人察覺像是突兀聚合體的她……

「那我走了。」

她闔上書本準備起身。

原本應該就此道別，之後把今天遇到怪人的這件事當成笑話閒聊就好。不過，咲太基於某個理由，無法輕易放下。

說來傷腦筋，咲太認識她。

就讀同一所高中大一屆的學姊。縣立峰原高中三年級學生。咲太也說得出她的名字，他知道她的全名。

櫻島麻衣。

這就是兔女郎的姓名。

「請問……」

咲太輕聲叫住正要離開的白皙美背。

兔女郎停下腳步。

麻衣只以視線詢問：「什麼事？」

「妳是櫻島學姊吧？」

咲太注意音量，說出這個名字。

「……」

麻衣的雙眼只在一瞬間透露出驚訝。

「既然這樣稱呼我，你是峰原高中的學生？」

麻衣再度坐下，筆直注視咲太。

「我是二年一班梓川咲太。梓川休息站的『梓川』、花咲太郎的『咲太』，梓川咲太。」

「我是櫻島麻衣。櫻島麻衣的『櫻島』，櫻島麻衣的『麻衣』，櫻島麻衣。」

「我知道。畢竟學姊是名人。」

「這樣啊。」

麻衣一副興趣缺缺的樣子，單手托腮看向窗外。稍微前傾的姿勢使得乳溝更明顯，視線自然而然就被吸引過去。真是大飽眼福。

「梓川咲太小弟。」

「有。」

「給你一個忠告。」

「忠告？」

「忘掉今天看見的事。」

咲太張嘴還沒說話，麻衣就繼續說下去：

「因為你將這件事告訴別人，就會被當成腦袋有問題的人，過著腦袋有問題的人生。」

原來如此，確實是忠告。

「還有，絕對不要和我有所牽扯。」

「……」

「明白的話就說『是』。」

「……」

咲太沉默不語。麻衣露出不高興的表情，但立刻恢復剛才的慵懶表情離座，將書放回原來的書櫃之後，走向圖書館的出口。

這段期間，果然沒有任何人注意到麻衣。即使她從容經過借還書櫃檯前方，館員們也默默地做著自己的工作，只有咲太為她包覆著黑褲襪的修長美腿看到入迷。

等到完全看不見麻衣之後，被留下來的咲太趴在桌上。

「就算要我忘記……」

他自言自語。

「那麼惹火的兔姊姊打扮，我想忘也忘不了吧？」

完全裸露的香肩到胸前的撩人肌膚、因為托腮而更加明顯的乳溝、留在鼻腔的芳香、如同只說給咲太聽的細語、筆直注視的清澈眼眸。這一切都刺激著咲太的雄性感官，使得身體某部位精神百倍。

多虧這樣，即使咲太想站起來，也因為在意周圍目光而不敢站起來。

看來只能安分地坐一陣子了。

這就是咲太想問各種問題，卻無法立刻去追麻衣的理由。

2

隔天早上，咲太作了「被兔子群壓扁」的怪夢而清醒。

「我覺得這時候應該識相一點，讓兔女郎登場吧……」

咲太對自己的夢提出這種要求，試著起身。

「嗯？」

但是不知為何爬不起來，左肩莫名沉重。

掀開被子就得知原因了。

一名穿睡衣的少女抱著咲太的左臂蜷縮著熟睡。純真的睡臉，大概是少了被子會冷，她的身體更加依偎過來。

是今年要滿十五歲的妹妹——楓。

「楓，天亮了，起床吧。」

「哥哥，好冷……」

「好重！」

她看起來睡昏頭沒要起床，所以咲太抱著妹妹起身。

這個親妹妹身高一六二公分，在女生之中算是比較高的，最近發育也很好，咲太雙手實際感受得到她正從女孩成長為女人。

「楓的身體成分有一半是對哥哥的心意喔。」

「這設定也太瞎了。一半是溫柔成分的頭痛藥嗎？話說，既然醒了就給我起來啦。」

「唔～～」

楓即使滿臉不滿，依然從咲太懷裡落地。也許是因為這一年來，她的臉蛋越來越成熟，言行與外貌實在搭不起來。也因此，兄妹間不經心的親密互動洋溢著奇妙的悖德感。

「還有，鑽到我床上的習慣該改掉了吧？」

穿那件熊貓連帽睡衣的習慣最好也順便改掉。

「楓是來叫哥哥起床的，哥哥卻沒有立刻起床，是哥哥的錯。」

不高興的表情看起來也比年齡稚嫩。

「就算這樣，妳也已經老大不小了。」

「啊，哥哥一大早就興奮了對吧？」

「誰會對親妹妹發情啊？」

咲太輕戳妹妹的額頭，迅速離開房間。

「啊～～請等一下啦～～」

接著咲太準備兩人份的早餐，和楓一起吃。先吃完的咲太俐落地做好上學的準備。

「哥哥，路上小心。」

在笑盈盈的楓目送之下獨自離家。

咲太走出居住的公寓大門，立刻打了一個呵欠。昨天大概是因為看見各種刺激的光景，亢奮得遲遲無法入睡，而且還作了怪夢，清醒時也不太舒服。

咲太再度打了呵欠，穿過住宅區，途中會走過一座橋。愈靠近車站，周圍的建築物就愈高大，人影也增加，大家的行走方向都和咲太相同。

在丁字大馬路走過一個行人穿越道，行經商務旅館與家電量販店旁邊，終於看見車站了。離家至今約十分鐘。

這裡是神奈川縣藤澤市的市中心——藤澤車站。上班的社會人士與上學的學生各自匆忙地擦身而去。

車站一樓是小田急線的月臺，上行開往新宿、下行折返開往片瀨江之島。二樓是ＪＲ東海道線與湘南新宿線的驗票閘口。

咲太順著人潮上樓，不過是背對ＪＲ的驗票閘口。

行走連通道約三十公尺，抵達小田急百貨大樓前方。他不是現在要進百貨公司買東西，何況現在百貨公司還沒開門。緊閉的大門右側是另一個藤澤車站。

江之島電鐵，通稱「江之電」的月臺。中途會停靠十三個車站，總車程約三十分鐘，開往鎌倉的單線列車。

咲太拿月票通過驗票閘口的時候，電車剛好進站。窗框是奶油色，車身上下是綠色，洋溢復古氣息。車廂共四節，很短。

咲太走到月臺盡頭，搭乘第一節車廂。

包括國小、國中與高中，乘客大多穿制服，其餘是穿西裝的社會人士。如果不是住在這座城市，這條路線只會讓人覺得是觀光路線，不過對於當地居民來說，是習以為常用來通勤、通學的交通工具。

咲太倚靠在另一側的車門旁邊。

「嗨。」

隨即有人向他打招呼。

忍著呵欠來到咲太旁邊的，是似乎可以加入那個知名男偶像經紀公司的英俊男生。臉上五官整體來說很鮮明，乍看具備魄力，不過他一露出笑容，眼角就會往下，呈現親切的稚嫩模樣，這似乎是讓女生擋不住的魅力。

他的名字是國見佑真，參加籃球社，以先發球員身分活躍的二年級學生，有女友。

「唉……」

「喂喂喂，不能一看到別人就嘆氣吧？」

「一大早看到國見的清新模樣很傷眼，會讓我憂鬱。」

「真的？」

「真的。」

兩人閒聊不久，發車鈴聲響起，車門關上了。

電車如同拖著沉重身軀起步，以只像是正在加速的速度緩緩前進，但是沒多久就開始放慢速度，在下一站石上站停車。

「我說啊，國見。」

「嗯？」

「櫻島學姊她……」

「真遺憾呢。」

明明幾乎什麼都還沒說，佑真卻先將手輕輕放在咲太肩上。

「你安慰個什麼勁啊？」

「我很樂見咲太對牧之原以外的女生感興趣，哎呀～～不過看上那個人終究沒希望吧？」

「我沒說要表白，也沒說喜歡上她啊？」

「不然是怎樣？」

「我只是在想，那個人是怎樣的人……」

「嗯～～她不是名人嗎？」

「哎，說得也是。」

是的，櫻島麻衣是名人，恐怕就讀縣立峰原高中的所有學生都認識她。不對，日本國民大概

七八成都認識她吧。她就是這麼有名，即使這樣形容也不誇張。

「六歲以童星身分進入演藝圈。出道的第一部晨間連續劇，收視率與熱門程度匹敵歷年的超紅作品，頓時成為鎂光燈的焦點。」

以此為契機大受歡迎，後來接拍許多電影、連續劇與廣告，每天都能在電視上看到她。

出道經過兩三年後，終究失去全盛期「到處都看得見櫻島麻衣」的氣勢，相對的，看好她演員實力的戲約逐漸增加。

許多藝人一年就過氣，但她升上國中依然順利接拍各種戲劇，在這個時間點就已經非常了不起了，但她甚至還爆紅第二次。

十四歲的櫻島麻衣成長為成熟的美少女，當時上映的電影使她再度迅速受到注目，甚至曾經有一整週的漫畫雜誌封面盡是她的笑容。

「我喜歡國中時代的櫻島麻衣。那個……該怎麼說呢？可愛、香豔與神祕的融合，真令我受不了。」

不只是佑真，許多男生都為她著迷。

她的人氣再度達到巔峰。不過她在這時突然宣布停止演藝活動。當時麻衣即將從國中畢業，並未明確說明理由。她停止活動至今才兩年又數個月。

咲太得知赫赫有名的櫻島麻衣居然在自己就讀的高中時，終究嚇了一跳。

單純覺得「藝人真的存在啊……」這樣。

「那時候出現過各種傳聞呢。例如她那麼走紅是因為陪睡，或是當製作人的情婦。」

「當時她還是小學生吧？」

「終究是國中之後的傳聞啦。應該說，傳言剛開始是她的經紀人，也就是她母親先這麼做，八卦節目不就說過這種謠言嗎？記得那個星媽現在成立經紀公司當起社長？我上週在電視上看到這個消息喔。」

「是喔，這我就不知道了。不過那些傳聞，反正都是無憑無據的謠言吧？」

「俗話也說『無風不起浪』。」

「風不一定來自當事人。現在就是這樣的時代。」

透過網路，情報可以在瞬間傳開共享，即使不是真相也一樣……對於接收者來說，情報的真假不太重要，只要能成為話題、成為笑話、有趣、可以炒作、可以讓人覺得「活該」就好。

「咲太講起這種話，說服力就是不一樣呢。」

咲太將這番話當成耳邊風。

依然緩慢行駛的電車行經柳小路、鵠沼、湘南海岸公園與江之島四站。

看向窗外，電車正經過唯一的路面區段。自用車就行駛在旁邊，是一幅神奇的光景。不過在「喔！」地驚覺時，電車就已經回到平常的軌道了。

進入這一區，周圍建築物和電車距離近得像是會撞到。從車窗伸出手似乎就摸得到民宅圍牆，還覺得庭院樹木的枝葉不時會碰到車廂。

電車無視於這種擔心，悠閒地鑽過住家之間，抵達下一站腰越站。

「不過，沒看過她在學校和別人走在一起。」

「嗯？」

「就是櫻島學姊啊。這不是咲太你提的話題嗎？」

「啊啊，說得也是。」

「該說她總是一個人嗎……」

不只和班上疏離，甚至和學校疏離。櫻島麻衣也給咲太這種印象。

「我問過籃球社的學長，聽說她一年級剛開始的時候完全沒上學。」

「為什麼？」

「工作。就算已經宣布停止活動，之前說好演出的作品還是得演吧？」

「啊，原來是這樣。」

不過既然這樣，做完所有工作再宣布停止演藝活動不就好了？但如果基於某種隱情一定要先講就另當別論……

「好像是暑假之後才正常上學。」

「……那應該很辛苦吧。」

麻衣秋季上學時的教室光景，咲太輕易就能想像。班上同學經過第一學期，人際關係與小團體的勢力範圍肯定已經完全穩定。

「接下來的狀況可想而知。」

佑真應該也在想像相同的光景。

班級勢力圖一旦定型就很難輕易改變。所有人都對於自己擁有歸宿感到安心，緊抓著這樣的歸宿，鞏固自己在班上的地位。

第二學期才開始上學的麻衣應該是班上的燙手山芋吧。而且麻衣是藝人，大家當然會在意她，卻也不能貿然接觸，要是積極和麻衣說話會莫名顯眼。這麼一來，可能會有人在背地裡說「好煩」或「真囂張」之類的壞話，因而輪到自己被班上同學排擠，到時候將再也無法挽回。所有人都明白這一點，名為學校的空間就是這麼回事。

咲太認為麻衣因而沒機會融入學校。

到頭來，即使大家每天將「無聊」或「沒什麼樂子嗎～～」這種話掛在嘴邊，實際上卻不求變化。

咲太也不例外。風平浪靜比較輕鬆，這樣就好。他覺得悠哉就好，不用勞心勞力就好。和平萬歲，清閒超棒。

發車鈴聲響起，門發出「噗咻～～」的聲音關閉。
再度起步的電車，同樣悠閒地穿梭在民宅之間前進。
眼前是建築物外牆。外牆接著外牆、住家接著住家，偶爾是特別小的平交道。以為又是連綿外牆與住家的瞬間，視野毫無徵兆就擴展到遙遠的另一頭。
大海。
看得見無垠的蔚藍大海，反射早晨的陽光閃閃發亮。
天空。
看得見無垠的藍白天空，早晨的清新空氣打造出從藍到白的漸層。
大海與天空的中心是筆直延伸的水平線。這一瞬間的車窗具備奪走車內視線的魔力。
電車行駛在面對相模灣的七里濱海岸線好一陣子。右手邊是江之島、左手邊是海水浴場，知名的由比濱海岸可以從這裡盡收眼底，是充滿魅力的景點。
「不過，為什麼會突然提到櫻島學姊？」
「你喜歡兔女郎嗎？」
咲太就這麼看著窗外詢問。
「不，不算喜歡。」
「所以是很喜歡？」

「對，很喜歡。」

「那就不能告訴你。」

「啊？這是怎樣？告訴我啦！」

佑真輕戳咲太的側腹。

「比方說，如果在圖書館遇見迷人的兔女郎，你會怎麼做？」

「會看兩次。」

「我想也是。」

「然後目不轉睛地盯著看。」

這是正常人的反應。至少堪稱正常男性的反應。

「所以，這和櫻島學姊有什麼關係？」

「要說有關係的話算是有吧，不過你自己猜。」

「這是怎樣？」

咲太敷衍帶過之後，佑真似乎不打算追究，只是隨意笑了笑。

繼續沿著海岸線行駛的電車，途中再停靠一站，然後抵達咲太所就讀的峰原高中所在的七里濱車站。

車門一打開就傳來潮水味。

身穿相同制服的學生們陸續下車來到月臺。驗票閘口很簡樸，只有一台像是稻草人的機器讀取月票晶片。站員白天會站在這裡值勤，不過咲太他們上學的這個時間完全沒人。

走出車站，穿越一個平交道，學校就在眼前。

「這麼說來，小楓好嗎？」

「我可不會把妹妹給你。」

「別講得這麼冷淡啦，大舅子。」

「你已經有個可愛的女朋友了吧？」

「對喔，我差點忘了。」

「她聽到會生氣喔。」

「沒關係啦，反正我喜歡上里生氣的表情。嗯？喔，說人人到。」

咲太不經意循著佑真的視線看去，櫻島麻衣獨自走在距離約十公尺的前方。修長的四肢、小小的臉蛋、如同模特兒的苗條體型。明明穿著同款制服，看起來卻和其他學生不一樣。包覆雙腿的黑褲襪、隱藏臀部的裙子、尺寸合身的制服外套……一切都顯得突兀，感覺像是被迫穿上借來的衣物。明明已經三年級，制服卻完全不適合麻衣。

反倒是在她周圍聊天的女生三人組將制服穿得好看多了。充滿魄力向社團學長姊喊「早安！」的一年級學生也比她適合穿制服，連輕踹朋友背部的男學生都充滿光彩與活力。

從車站到學校的短短通學路，充滿峰原高中學生們快樂的談笑聲。

其中獨自默默行走的麻衣身影看起來莫名孤獨。迷途闖入平凡縣立高中的異分子，異質的個體，醜小鴨。這就是咲太在此處對櫻島麻衣的印象。

不對，不只如此，所有人都沒注意到麻衣。明明赫赫有名的「櫻島麻衣」在場，卻連看都不看一眼，也沒有任何學生大呼小叫。這是峰原高中的「平凡」光景。

真要說的話，麻衣如同「空氣」存在於這裡。所有人都接受這一點。這令咲太想起昨天在湘南台圖書館見到的眾人反應，莫名的不安讓肚子靜不下來。

「我說國見……」

「嗯？」

「你看得到櫻島學姊吧？」

「當然看得一清二楚。因為我的視力算是很好喔，兩眼都是２．０。」

問任何人這種問題，當然都會得到佑真這樣的回答。是昨天的那個狀況有問題。

「晚點見啦。」

「嗯。」

咲太在二樓走廊和今年編到不同班的佑真道別，進入二年一班的教室。大約一半的學生已經到校了。

咲太坐在靠窗最前面的座位。託「梓川（Azusagawa）」這個姓氏的福，咲太春季的座位大致都在相同位置。只要班上沒有「相川（Aikawa）」或「相澤（Aizawa）」，他的座號都是一號，隱約感覺經常會吃虧的「一號」。不過咲太就讀這所峰原高中之後覺得，既然春季保證可以坐在窗邊的座位，這個座號似乎也不壞。

因為，從這所學校的窗戶看得見海。

看得見數艘從清晨就尋求海風的風浪板的布帆。

「哈囉。」

「……」

「有聽到嗎？」

咲太察覺聲音就在身邊而抬頭。

隔著桌子的正前方，心情似乎不是很好的女學生俯視咲太。她是班上最顯眼小團體的核心人物，叫做上里沙希。

烏溜溜的大眼睛，及肩的頭髮稍微往內捲，塗上薄薄脣膏的嘴脣是美麗的粉紅色，男生們公認她很可愛。

「不理我也太過分了吧？」

「抱歉，我沒想到這間教室還有人會找我說話。」

「我說啊……」

鐘聲在這時候響起。

接著班導走進教室。

「啊～～真是的。我有很重要的話要說，放學後到樓頂。一定要來喔。」

上里沙希將手「啪」一聲放在桌面，然後回到自己在斜後方的座位。

「不管我的意願？」

咲太輕聲自言自語之後，托腮注視大海。

大海今天也在那裡，就只是存在於那裡。

「這下麻煩了……」

即使被女學生約放學後見面，咲太也完全開心不起來，連一絲臉紅心跳都沒有。

根本來說，上里沙希是國見佑真的女朋友。

3

放學後，咲太一度假裝忘記這件事而往鞋櫃走，但還是乖乖掉頭前往樓頂露面。他覺得這時候放鴿子會後患無窮，所以改變主意。雖然這麼說不太對，不過欲速則不達。

即使如此，先到的上里沙希劈頭就生氣了。

「好慢！」

咲太倍感不爽。

「我今天輪值打掃啦。」

「這種事跟我無關。」

「所以，有什麼事？」

「我就開門見山說吧。」

沙希以此為開場白，然後筆直瞪向咲太。

「和沒有融入班上的梓川打交道，佑真的股價會下跌。」

「……」

她講得好過分。正如一開始的宣言，開門見山。

「我今天明明是第一次和上里同學妳講話，但妳真了解我這個人。」

咲太不帶情感地如此回應。

「大家都知道『送醫事件』。」

「噢……『送醫事件』是吧。」

咲太興趣缺缺般含糊復誦。

「這樣佑真很可憐，所以今後不要再跟佑真講話。」

「依照這個道理，上里同學現在的股價也正在暴跌，妳不在乎？」

樓頂也有其他學生。他們的視線明顯很在意釋放肅殺氣氛的咲太與沙希。

也有人在滑手機，大概在實況轉播吧。辛苦他們了。

「我不在乎，因為這是為了佑真。」

「原來如此。上里同學真了不起呢。」

「啊？為什麼稱讚我？」

真要說的話，咲太是在揶揄，但她似乎沒聽懂這番挖苦。

「總之，我覺得不用擔心，國見沒問題的。光是被別人看到和我在一起，國見的股價也不會下跌。那個傢伙非常清楚什麼叫做關懷與體貼，甚至每天都稱讚自己媽媽做的便當很好吃，而且

一邊感謝一邊吃。」

佑真曾經笑著說「在只有母親的單親家庭長大的人都會重視母親」，但是連笨蛋都知道事情沒這麼單純，肯定也有人因此更加反抗。

「就是這樣，佑真是上里同學配不上的好傢伙，所以放心吧。」

「你在找碴？」

「這是回擊。找碴的是上里妳吧？」

大概是因為不耐煩，咲太沒加上「同學」兩個字。

「這個！這個『上里』也讓我火大！為什麼佑真叫你的時候是叫名字，叫我這個女朋友卻非得叫我的姓氏『上里』啊？」

沙希計較起莫名其妙的事，話題突然離題。咲太心想「干我屁事」，但是沒說出來。他可不想繼續被沙希的愛耍得團團轉。

不過，他取而代之說出的話語或許才是不該說的話。

「情緒這麼煩躁，上里，妳那個來了？」

「呃！」

沙希的臉蛋瞬間染成通紅。

「你……！去死！笨蛋！去死！絕對去死！」

完全陷入混亂的沙希一邊臭罵一邊回到校舍。樓頂的門「砰」一聲用力關上。

咲太獨自被留在原地。

「……慘了，原來我說中了。」

他如此反省，搔了搔腦袋。

為了避免不小心在校舍又遇見上里沙希，咲太決定在樓頂吹個海風再回家。

下樓來到鞋櫃的時候，天空即將染紅。

直接回家的學生們已經無影無蹤，留在學校的只有勤奮進行社團活動的學生，算是不上不下的時段。無人的鞋櫃區很安靜，不時傳來的社團吆喝聲似乎來自很遠的地方。咲太強烈感受到此時此地只有他一個人。

通往車站的路也幾乎是包場狀態，走沒多久就抵達的七里濱車站果然也很冷清。剛放學時擠滿峰原高中學生的小月臺，如今只有數個人影。

咲太在其中發現某人的身影。嚴肅地佇立在月臺盡頭的女學生，感覺彷彿拒絕他人接觸。耳機線從耳際無力下垂，延伸到制服上衣口袋。

是櫻島麻衣。

被夕陽照射的側臉略顯慵懶而美麗，光是站著就像是一幅畫，甚至令人想暫時眺望欣賞……

不過在現在，另一種興致驅使咲太行動。

「妳好。」

咲太一邊走近一邊打招呼。

「……」

沒有回應。

「妳好～～」

咲太稍微提高音量。

「……」

同樣沒反應。

不過，咲太隱約覺得麻衣察覺了他的存在。

寧靜的車站月臺，等電車的有咲太、麻衣，以及另外三個峰原高中的學生。推測是觀光客的大學生情侶現在進站了，他們拿出江之電的一日自由乘車票「乘降君」給站員看。

走到月臺中間的情侶似乎很快就發現了麻衣。

「你看那個女生。」

「果然是她吧？」

兩人朝這裡指指點點，討論的聲音也傳了過來。麻衣大概是沒發現，依然面向鐵軌。

「欸，不要這樣啦～～」

女性的聲音很甜，完全感受不到阻止的意思。寧靜的車站裡，情侶的嬉鬧互動只會刺耳。

咲太忍不住轉身一看，男性的手機鏡頭正對著麻衣。

男性即將按下快門時，咲太進入取景窗的範圍。響起「啪嚓」的聲音。拍到的肯定是咲太的特寫。

「你……你是誰啊？」

男性瞬間露出吃驚的表情，但依然強勢地向前一步。大概是女朋友在旁邊看，不能敗給區區高中生吧。

「我是人類。」

咲太一臉正經地回答。這個回答肯定沒錯。

「啊？」

「你是偷拍哥嗎？」

「啥！不……不是！」

「大哥，你不是小朋友了，請不要做這種老土的事。同樣身為人類的我，光是在旁邊看就不好意思了。」

「就說不是了！」

「反正應該是抱著立大功的心情，打算在推特上傳照片吧？」

「唔！」

大概是被說中了，男性的臉瞬間因為憤怒與羞恥而染紅。

「如果想得到注目，我幫你拍張照片註明『偷拍哥』上傳吧？」

「……」

「小學時老師應該教過吧？『己所不欲，勿施於人』。」

「吵……吵死了，笨蛋！」

男性終於只擠出這句話，然後拉著女友搭上剛進站開往鎌倉的電車。這個車站只有一條鐵軌，上行與下行的電車都在相同月臺交互停靠。

咲太不經意目送電車離去之後，背後感覺到視線。

他戰戰兢兢地轉頭一看，發現麻衣正像是嫌麻煩般拿下耳機。

「謝謝。」

她和咲太四目相對之後這麼說。

「咦？」

麻衣令人意外的反應讓咲太驚呼出聲。

「以為我會罵你『不要多管閒事』？」

「嗯。」

「我只是忍著沒說出來。」

「既然這樣，希望妳也別說這句話。」

根本來說，在她講這句話的時候，咲太就覺得她完全沒在忍了。

「那種事，我習慣了。」

「那種事就算習慣，也會磨損某些東西吧？」

「……」

大概是這番話出乎意料，麻衣的雙眼深處透露些許驚訝。

「磨損……真的一點都沒錯。」

麻衣的嘴角淺淺一笑，不知道在開心什麼。

咲太感覺現在應該可以交談，便站到麻衣身旁。

不過，先發問的是麻衣。

「為什麼在這種不上不下的時間出現？」

「班上女生找我到樓頂。」

「表白？你這麼受歡迎啊，真意外。」

「不過是憎恨的表白。」

「那是怎樣？」

「她當面跟我說她非常討厭我。」

「原來最近流行這種表白啊。」

「至少我這輩子是第一次體驗這種事。我才要問櫻島學姊，妳為什麼會在這種不上不下的時間出現？」

「我在打發時間，以免撞見你。」

從麻衣的側臉無法分辨這番話是真是假。咲太不希望確認之後得知是真的，所以放棄追問。

咲太轉頭看時刻表，決定換個話題。

「現在的正確時間是幾點？」

「沒錶？」

咲太伸出雙手手腕示意沒戴手錶。

「那就看手機吧。」

「我沒有。」

「你的意思是你只有智慧型手機？」

「普通手機或智慧型手機都沒有，也不是今天忘記帶的意思。」

不是有手機卻沒帶在身上，單純是沒有手機。

「……真的？」

麻衣一臉不敢置信的樣子。

「真的是真的。之前用過，但我心情一亂就扔進海裡了。」

咲太至今也清楚記得。那是來看峰原高中放榜當天發生的事……

重約一百二十公克。小小一台就能連結全世界的方便通訊機器脫離咲太高舉揮出的手，描繪平緩的拋物線落入海中。

「垃圾要扔進垃圾桶。」

咲太接受這個中肯至極的責備。

「下次我會這麼做。」

「你沒朋友吧？」

要是不以手機聯絡，甚至無法和朋友來往……現在就是這樣的時代。麻衣的指摘是對的。交換手機號碼、電子郵件網址以及通訊軟體ＩＤ是交友的第一步，所以光是沒有手機就會脫離社會的法則。在學校這個狹窄的世界，無法共同遵循法則的人會首先被排擠。拜此所賜，咲太剛入學的時候費了好一番工夫交朋友。

「我的朋友多達兩人喔。」

「兩人算『多』嗎？」

「我覺得朋友只要有兩個就很夠了，和那兩個傢伙交一輩子的朋友就好。」

登錄在智慧型手機的手機號碼、電子郵件網址以及通訊軟體ＩＤ沒有意義，也不是愈多愈好。這是咲太自己的論點。

根本來說，朋友的分界線在哪裡也是一個問題。對咲太而言，朋友大概是「即使深夜打電話商量事情，也會勉為其難奉陪」的程度。

「是喔～～」

麻衣隨便附和，從上衣口袋取出智慧型手機。手機殼是紅色的，露出一對兔耳。

她將手機螢幕朝向咲太，上面顯示的時間是四點三十七分，電車再一分鐘進站。咲太剛這麼想，麻衣手上的手機就開始震動告知有來電。

咲太看到的畫面顯示「經紀人」。

麻衣的指尖按在「拒絕接聽」。震動停止了。

「不用接嗎？」

「電車來了……何況就算不接，我也知道那個人有什麼事。」

大概是多心吧，這番話的後半段給人不耐煩的感覺。

開往藤澤的電車緩緩駛進月臺……

咲太和麻衣在相同入口上車，並肩坐在空位上。

車門關閉，電車緩緩起步。乘客不多，座位大約八分滿，幾個人站著。

兩人就這麼默不作聲地坐了兩站左右。已經看不見海了，電車搖晃著行駛在住宅區正中心。

「關於昨天的那個……」

「我昨天忠告過吧？忘記那件事。」

「櫻島學姊的兔女郎打扮太惹火，我不可能忘得了。」

咲太打起忍耐至今的呵欠。

「託福昨晚亢奮得不得了，完全睡不著。」

他忿恨地看向麻衣。

「等……等一下！應該沒有拿我胡思亂想吧？」

還以為會挨麻衣侮蔑的視線以及毒辣的臭罵，她卻臉紅不知所措，像是按捺害羞的情緒揚起視線瞪過來。這樣的舉止好可愛。

不過，麻衣立刻壓抑慌張，彌補般辯解：

「只……只不過是比我小的男生拿我遐想，我不在乎。」

她的臉頰依然染成朱紅，明顯在逞強。或許她一反成熟的外表，內在意外純真。

「可以離我遠一點嗎？」

麻衣像是要趕走髒東西般推著咲太的肩膀。

「唔哇～～我好受傷喔～～」

「因為，好像會懷孕。」

「要取什麼名字呢？」

「我說你啊……」

麻衣的視線冰冷凍結，看來咲太過於得寸進尺了。

「我要你忘掉的不是打扮……」

「那麼，昨天的那個是怎麼回事？」

咲太乖乖跟著麻衣換成這個話題。他原本就是想問這件事才向麻衣搭話。

「我說啊，梓川咲太小弟。」

「原來學姊記得我的名字。」

「我要求自己聽別人的名字一次就要記住。」

這是咲太想效法的心態。大概是在如今停止的演藝活動中培養的。咲太覺得應該沒錯。

「我聽過你的傳聞。」

「傳聞是吧……」

咲太大致想像得到是什麼事，今天也是因為這件事而被叫到樓頂。

「正確來說不是聽過，是看過。」

麻衣說著再度取出剛才收回制服外套口袋的手機，打開某個留言板。

「國中念橫濱的學校。」

「是的。」

「在校內鬥毆，讓三個同學被送進醫院。」

「我出乎意料是武鬥派呢。」

「因此，明明確定升學進入橫濱的高中，卻在二次招生特地報考峰原高中，搬來這裡。」

「……」

「好像還有其他傳聞，我可以繼續說嗎？」

「……」

「『己所不欲，勿施於人』。某人剛才說得真好呢。」

「被追究也沒什麼大不了的。能夠引起櫻島學姊的興趣，我反而感到榮幸。」

「網路真厲害呢，連這種私人情報都光明正大貼上來。」

「是啊。」

咲太冷淡回應。

「不過，寫在網路上的不保證都是事實。」

「學姊認為呢？」

「用自己的大腦想一下就知道吧？鬧出這種嚴重事件的人，不可能面不改色地念高中。」

「真想讓班上同學聽聽學姊這番話呢。」

「既然不是，你就親口向他們否認吧。」

「傳聞不就像是一種氣氛嗎？就是『這種氣氛』的意思……在現今這個時代一定要去察覺的『氣氛』。」

「是啊。」

「只因為沒能察覺氣氛，就被當成沒用的傢伙……營造出這種氣氛的當事人們不覺得自己是當事人，所以就算熱心地對他們說明真相，最後也會落得『這是怎樣，好冷喔～～』的結果。」戰鬥的對象不是面前的人，所以說什麼都沒有效果。然而只要做了什麼事，就會不知不覺遭受集體砲轟。

「可是，和氣氛戰鬥太荒唐了。」

「所以你放任誤解不去處理，還沒戰鬥就放棄了。」

「反正甚至不曉得是誰先傳出來的。毫不思考就相信傳聞或傳言的傢伙太純真了，我沒自信和那種人成為朋友，所以沒關係。」

「這種講法暗藏惡意呢。」

麻衣臉上的笑容看起來像是有所共鳴。

「輪到學姊了。」

「……」

瞬間，麻衣朝咲太投以不悅的視線。但她剛聽過咲太的隱情，所以如同死心般開口：

「我是在四天連假的第一天察覺的。」

換句話說是四天前。五月三日，憲法紀念日。

「我心血來潮，去了江之島水族館。」

「一個人去？」

「不行嗎？」

「想說學姊是不是有男朋友。」

「我從來沒有那種東西。」

麻衣不是滋味似的噘嘴。

「是喔～～」

「我不能是處女嗎？」

麻衣從下方窺探咲太的臉想捉弄他。

「……」

「……」

兩人相互凝視。

麻衣的臉漸漸變紅，連脖子都紅通通的。看來明明是她自己先捉弄別人，卻對「處女」這個詞覺得害臊。

「啊～～我基本上不在乎這種事。」

「這……這樣啊……總之！我察覺到在親子同樂的熱鬧水族館裡，沒有任何人看見我。」

麻衣鬧彆扭的側臉看起來有點稚嫩，好可愛。咲太至今只知道她成熟的外在，所以在各方面感到新奇。要是講出來又會離題，所以咲太決定將這件事收進心底。

「剛開始我認為是自己想太多。畢竟我停止演藝活動快兩年了，而且大家都在專心賞魚。」

她的語調逐漸下沉，變得嚴肅。

「不過，回家途中進入附近咖啡廳的瞬間，我就確定了。因為沒人對我說『歡迎光臨』，也沒人過來帶位。」

「是不是自助式的店？」

「是歷史悠久的咖啡廳，有吧檯座，除此之外只有四張餐桌的小店。」

「那麼，會不會是學姊其實去過那間店，做了某些事情被店家列入黑名單？」

「怎麼可能？」

麻衣氣得繃緊一邊臉頰，踩了咲太一腳。

「學姊，腳……」

「腳怎麼了？」

麻衣一臉正經，透露出「真的完全搞不懂」的氣氛，了不起。咲太心想：專業演員就是這麼高明。

「不，被您踩是我的榮幸。」

咲太自認是在開玩笑，麻衣卻不敢領教，還趁著坐在旁邊的男性下車，稍微遠離咲太。

「開玩笑的啦。」

「至少我感受到你百分之幾是認真的。」

「哎，身為男生，能夠得到漂亮學姊的注意，當然很高興。」

「是是是。這樣沒辦法講下去，你閉嘴吧。講到哪裡了？」

「講到學姊被咖啡廳列入黑名單。」

「我要生氣嘍。」

說出這句話的麻衣眼神犀利，怎麼看都是已經在生氣的樣子。

為了表達反省之意，咲太作勢幫嘴巴拉上拉鍊。

「我向店員搭話也沒反應，其他客人同樣完全沒發現我。」

麻衣就這麼板著臉說下去。

「我終究嚇了一跳，逃也似的離開。」

「去了哪裡？」

「藤澤車站。不過，我到了那裡就沒發生任何異狀，大家都正常看見我，露出看到『櫻島麻衣』的驚訝表情，所以我以為在江之島的經歷果然只是自己多心……但我很在意這件事，所以調查在其他地方是否也會發生相同的事。」

「所以才打扮成兔女郎？」

「只要打扮成那樣，如果看得見就會看吧？沒有懷疑自己多心的餘地。」

確實沒錯。咲太那天的反應就證明多麼有效。

「所以，在其他地方……應該說在湘南台也發生相同的事嗎……」

「對。不過如果是現在，我反倒期待全世界的人都看不見我。」

不知為何她朝咲太投以責備的目光。

「畢竟今天在學校也很正常……現在也是。」

麻衣不經意暗示咲太注意深處的車門旁邊。穿別間高中制服的男學生一邊檢視手機一邊偷看這裡。他的目標當然不是咲太，是麻衣。

「明明是很奇怪的體驗，學姊看起來卻樂在其中呢。」

咲太說出率直的感想。以目前來看，麻衣沒有悲愴的感覺。

「確實很開心啊。」

「當真？」

咲太搞不懂她的意思，以視線詢問。

「我一直受到眾人的注目活到現在耶，在意他人的目光活到現在。所以我從小就一直祈求，希望前往沒人認識我的世界。」

看起來不像是說謊，不過要說這是演技也足以令人信服。麻衣具備這樣的理由，她是從童星成為專業演員的實力派女星。

講到一半，咲太察覺麻衣看著電車內的吊牌廣告。小說改編電影的宣傳廣告。女主角是最近崛起走紅的演員，記得跟麻衣同年。

大概是在意演藝圈的動向吧，或是感到懷念。不，感覺不是這樣。麻衣如同注視著遙遠世界的雙眸深處，似乎暗藏某種愁悶的情感。

換句話說，可以形容為「依戀」或「執著」。

「學姊？」

「……」

「櫻島學姊？」

「我在聽。」

麻衣眨了一次眼，移動視線看向咲太。

「我滿足於現狀，所以不要妨礙我。」

「……」

不知何時，電車停靠在終點站藤澤站的月臺，車門開啟。麻衣先起身，咲太連忙跟上。

「這樣就知道了吧？我是這麼古怪的女生。」

「……」

「別再管我了。」

麻衣斷然說完，加速通過驗票閘口，就像想就這樣在此道別般和咲太拉開距離。

反正同樣要回家，咲太暫時跟著逐漸遠離的麻衣背影，行經連通道，進入ＪＲ車站。

麻衣停在角落的投幣式置物櫃，從櫃子裡取出一個紙袋，然後再度匆忙行走，來到賣麵包的小攤子。

「請給我一個克林姆麵包。」

她對阿姨這麼說。

阿姨沒反應，大概是沒聽到吧。

「請給我一個克林姆麵包。」

麻衣再度點單。

不過，阿姨還是沒回應，彷彿沒看見麻衣，從之後過來的白領族男性手中接過千圓鈔；如同沒聽到麻衣的聲音，將菠蘿麵包遞給女國中生。

「不好意思，我要克林姆麵包。」

咲太走到麻衣身邊，大聲對阿姨這麼說。

「好，克林姆麵包是吧？」

咲太接過隔著櫃檯遞出的紙袋，付了一百三十圓。

只離開攤子幾步，咲太就把裝了克林姆麵包的袋子遞給麻衣。

麻衣無地自容般低著頭。

「其實有點困擾吧？」

「是啊。吃不到這裡的克林姆麵包很困擾。」

「我想也是。」

「不過……你相信我的瘋言瘋語？」

「我知道妳講的這個狀況叫做什麼。」

「……」

「是『思春期症候群』吧？」

麻衣眉頭一顫，有所反應。

雖然沒聽過「別人看不見」的案例，不過「聽得到別人的心聲」、「看見某人的未來」或「某人和某人的人格對調」，關於這種類似超自然現象的傳聞五花八門。前往這方面的網路諮商留言板，其他案例也多得不勝枚舉。

正常的精神科醫師斷言這是不穩定的內心因為多愁善感而呈現的自我認定；自稱的專家說明這是現代社會誕生的新型恐慌症狀；看好戲的普通人們進行調查之後，提出「這應該是某種集體催眠」的意見。

也有人說，描繪的理想以及沒能成真的現實之間產生某種壓力，造成這種心理疾病。

唯一的共通點是沒人當真。大部分的大人認為「這只是多心」就這樣帶過。

在這種不負責任的意見交流之中，不曉得是誰先說的，發生在麻衣身上的這種奇妙事件不知何時被命名為「思春期症候群」。

「『思春期症候群』是常見的都市傳說吧？」

是的，正如麻衣所說，這是都市傳說。正常來說，任何人都不相信，所有人都會出現和麻衣相同的反應。即使目睹神奇的狀況，也認為是自己多心；即使親身體驗也不會率直接受。因為咲太他們活在「這種事不可能發生」的常識之中。

然而，咲太有個無法否定的根據。

「我相信學姊。為了讓學姊相信這件事，我想讓學姊看個東西。」

「看個東西？」

麻衣疑惑地蹙眉。

「方便陪我一下嗎？」

咲太如此提議。

「……知道了。」

麻衣稍微思索之後輕聲答應。

4

咲太帶麻衣來到距離車站徒步約十分鐘路程的住宅區一角。

「這裡是？」

麻衣仰望的前方，是一棟七層樓的公寓。

「我家。」

「……」

疑惑與輕蔑參半的視線從側邊刺向咲太。

「我什麼都不會做啦。」

咲太輕聲補充「應該吧」三個字。

「你剛才又講了什麼吧？」

「我說，要是學姊誘惑我，我沒自信可以克制自己。」

「……」

麻衣的嘴緊閉成一條線。

「咦？學姊，妳在緊張？」

「緊……緊張？誰……誰在緊張？」

「聲音都變尖了。」

「只……只不過是到比我小的男生家裡，算不了什麼。」

麻衣哼了一聲，快步走向入口。咲太忍著笑意，立刻追上麻衣並肩前進。

搭電梯到五樓，右轉第三間就是咲太的住處。

「我回來了～」

咲太打開玄關大門打招呼，卻沒人回應。平常妹妹楓可能會埋伏在門後，但他今天回家的時間和以往不同，所以楓或許在鬧彆扭，也可能只是在睡覺，或是專心看書沒察覺哥哥回家……

「請進。」

咲太邀請沒脫鞋僵在玄關的麻衣入內。

帶她到進門側邊的自己的臥室。

麻衣將手提的書包與紙袋放在角落，伸手撐在床邊坐下。咲太不經意看向紙袋，發現兔女郎的耳朵。大概是今天也打算在某處當個野生的兔女郎吧。

「嗯～～挺乾淨的嘛。」

環視室內的麻衣說出乏味的感想。

「只是東西沒多到可以弄亂罷了。」

「看來是這樣。」

稱得上家具的只有書桌、椅子與床，室內空蕩蕩的。

「學姊妳……」

「對了。」

麻衣插話打斷咲太。

「什麼事？」

「不要叫我『學姊』。我不記得當過你的學姊。」

「櫻島小姐？」

「叫姓很長吧？」（註：櫻島的日文「Sakurajima」有五個音）

「那麼，麻衣……慢著，嗚噁！」

麻衣抓住咲太的領帶，用力往下拉。

「給我加『小姐』。」

「我原本下定決心想一口氣縮短彼此的距離……」

「我討厭沒禮貌的人。」

瞬間產生一股緊繃的氣氛，打造這股氣氛的人是麻衣。沒有開玩笑的餘地。乍看給人古板印象的這種價值觀，或許也是在演藝圈培養出來的吧。

「那麼，麻衣小姐。」

「你不符合『梓川』的形象，我叫你咲太小弟吧。」

「梓川」在麻衣心中究竟是什麼形象？

「所以？咲太小弟要讓我看什麼？」

「妳不放手，我就沒辦法讓妳看。」

麻衣一下子放開領帶。咲太起身放鬆解脫的領帶、解開襯衫釦子，自然而然連底下的T恤也一起脫掉，赤裸上半身。

「為……為什麼要脫啊？」
大喊的麻衣坐立不安地撇過頭。
「你……你不是說什麼都不會做嗎？齷齪！變態！暴露狂！」
麻衣一邊臭罵一邊提心吊膽地將視線移回咲太身上。
「啊……」
這一瞬間，她發出純粹的驚叫聲。
三道鮮明的傷痕刻在咲太胸前，如同被巨大猛獸的利爪劃過，從右肩撕裂到左側腹。
宛如特大鞭痕的傷痕。目睹的瞬間就知道不對勁。即使被熊襲擊，應該也不會變成這樣，大概是被怪手抓過的程度。不過很遺憾，咲太沒和怪手戰鬥過。
「是被變種人襲擊嗎？」
「我不知道學姊原來對美國漫畫感興趣。」
「我只看過電影。」
「……」
「……」
麻衣目不轉睛地注視傷痕。
「是真的吧？」

「妳覺得有哪個笨蛋平常會化這種特效妝嗎？」

「可以摸嗎？」

「請。」

麻衣起身伸手，指尖輕輕碰觸肩膀的傷口。

「喔嗚。」

「喂，不要發出怪聲啦。」

「那裡很敏感，麻煩溫柔一點。」

「這樣？」

麻衣的指尖撫過傷口。

「好舒服。」

麻衣完全不改表情，用力捏咲太的側腹。

「好痛，好痛！放手啊！」

「你看起來只像是在高興。」

「真的很痛啦！」

大概是覺得無濟於事，麻衣鬆手了。

「所以？這個傷是怎麼造成的？」

「呃，這我不清楚。」

「啊？什麼意思？你就是想讓我看這個吧？」

「不，不是的。這個一點都不重要，請別在意。」

「我會在意。何況如果不是，你為什麼要脫衣服？」

「我習慣一回家就換衣服，所以順手就……」

咲太一邊說明一邊朝上鎖的抽屜伸出手，開鎖後取出一張照片遞給麻衣。

「是這個。」

「……！」

麻衣的視線落在照片上的瞬間，隨即驚訝地睜大了雙眼。她立刻擺出嚴肅的表情，要求咲太說明。

「這是什麼？」

照片上是一名國中一年級的女生，夏季制服藏不住的雙臂與雙腿，盡是變成紫色的瘀青和令人不忍正視的割傷。

「是我妹妹楓。」

咲太知道妹妹制服底下看不見的腹部與背上，也有同樣的傷。

「……是被施暴嗎？」

「不，只是在網路上被霸凌。」

「……我聽不懂你的意思。」

這也是當然的。關於妹妹受到的霸凌，人們幾乎都是這種反應。

「因為訊息已讀不回之類的原因，所以被班上帶頭的女生討厭。班上使用的SNS社群寫滿了『爛人』、『去死』、『噁心』、『好煩』或『別來上學』之類的留言。」

咲太一邊說一邊解開腰帶。

「後來某一天，楓的身體就變成這樣了。」

「真的？」

「剛開始，我也以為是被別人施暴。不過她那時候已經沒上學了，也沒有外出，別人想動手也無從動手。我反而懷疑楓是想不開而自殘。」

脫掉的褲子掛在椅背上以免弄皺。

「好像有些孩子會覺得『被欺負的自己有錯』而自責。」

麻衣不知為何看著旁邊。

「當時我想知道真相，所以蹺課陪在楓的身邊。」

「在這之前，我可以問個問題嗎？」

「什麼問題？」

「就說了，為什麼要脫？」
咲太看看自己映在窗戶上的身影，全身只剩一條內褲。不對，此外還有襪子穿在腳上。
「就說了，我習慣一回家就換衣服。」
「那就快點穿上衣服吧。」
咲太打開衣櫃找換穿的衣物。找衣服的時候，他依然繼續說下去：
「那個……剛才講到哪裡了？」
「你蹺課陪在楓的身邊，然後呢？」
「楓用手機上ＳＮＳ的瞬間，她身上就會增加新的傷。像是大腿突然劃出一道傷口，也會流血……每次看留言就出現瘀青，愈來愈多。」
看起來簡直像是內心的痛楚轉印在身體。
「……」
麻衣似乎苦於不知該如何接受。
「我現在說的這些，就是我相信思春期症候群真實存在的理由。」
「……我實在難以相信。不過你沒理由不惜準備這種照片騙我。」
咲太接下麻衣歸還的照片，放進書桌抽屜後上鎖。
「你胸口的三道傷痕也是當時留下的？」

咲太微微點頭。

「畢竟不是普通人能造成的。」

「只是，我完全不知道為什麼會出現這些傷痕。那天我一大早起床就發現全身是血，被送進醫院……我還以為會沒命。」

「難道說，這就是『送醫事件』的真相？」

「嗯。被送進醫院的人是我。」

「事實完全相反吧？謠言真的不可信。」

麻衣輕聲嘆口氣，重新坐好。

此時，房門突然開啟，三花貓那須野走進房間。

「哥哥，你在……嗎？」

緊接著，身穿熊貓睡衣的楓從門縫探出頭。

「咦？」

發出困惑的聲音。

咲太的房間裡有只穿一條內褲的哥哥，以及一名坐在床上的年長女性。

「……」

「……」

「……」

三份沉默。三人的視線在瞬間交會，只有貓咪那須野純真地在咲太腳邊嬉鬧。

首先行動的人是楓。

「對……對不起！」

楓道歉之後先離開房間，但她立刻再度從門縫窺視房內。她反覆來回看著咲太與麻衣，然後朝咲太招手示意「過來過來」。

「什麼事？」

咲太抱起那須野回應楓。咲太一站到房門口，楓就挺直身體，以雙手遮著嘴打耳語。

「如……如果要叫資深的小姐來家裡服務，請先講一聲啦！」

「楓，妳這是天大的誤會。」

「這種狀況如果不是在和應召妹快樂地玩制服遊戲，還能怎麼解釋？」

「妳究竟是在哪裡學到這種字眼的啊？」

「大約一個月前看的小說裡就有一位姊姊做這種工作。書裡說她是引導可憐男性上天堂的美妙大姊姊。」

「哎，這方面的解釋因人而異，我不過問。不過一般看到這種狀況，都會解釋成哥哥帶女朋友來家裡吧？」

咲太覺得這樣解釋自然得多，不過……

「我不要想像這種最慘的狀況。」

「居然說『最慘』？妹妹啊……」

「最慘就是最慘，慘到地球要毀滅的程度。」

「好，那我要抱持消滅地球的決心交女友！」

「那個……差不多該繼續說了吧？」

咲太聽到麻衣這麼說，再度轉頭面向房內。楓趁機黏在他背後，雙手搭著他的右肩，躲在他身後不時偷看麻衣。只不過大概是因為楓挺高的，所以她沒有藏得很好，就麻衣看來應該露出大半了吧。

「哥哥，你被說服買怪壺嗎？」

「沒有。」

「約好要一起去看畫展嗎？」

「沒約。」

「那麼英語會話教材……」

「她也沒向我推銷，放心吧，我不是中了約會詐騙。這位是同校的學姊。」

「我是櫻島麻衣，初次見面。」

聽到麻衣打招呼的楓有如逃離肉食野獸魔爪的小動物，敏捷地縮進咲太身後，然後將嘴貼在咲太背上，藉由震動傳話。

「唔……她說：『初次見面，我是梓川楓。』」

「這樣啊。」

「她說：『這孩子是那須野。』」

咲太將懷裡的貓抱給麻衣看清楚。「喵～～」地鳴叫的那須野身體懸空拉長到極限。

「謝謝妳告訴我。」

楓對麻衣的聲音起反應，只在瞬間探出頭。不過她從咲太懷裡搶過那須野，接著立刻一溜煙地逃離房間，門「砰」一聲關上。

楓明明在咲太面前願意聊各種話題，面對別人卻總是這樣。佑真之前來玩的時候也一樣，對話必須隔著咲太才能成立。

「不好意思，她極度怕生，請見諒。」

「我不在意。晚點也幫我這樣轉達給妹妹吧。看來她的傷都有確實痊癒，太好了。」

神奇的是，傷痕也消失得乾乾淨淨。咲太真的覺得太好了，畢竟楓是女生。明明如此，咲太的傷為什麼沒有消失？這方面依然留著疑點……不過這不是現在要思考的事，所以咲太決定專心面對麻衣。

麻衣雙手撐在床上微微向後靠，雙腿重新交疊。

「不過，那孩子居然不認識我，真稀奇。」

「因為……她很少看電視。」

「是喔……」

從麻衣的表情無從確認她是否接受這個解釋。

「那麼，回到剛才的話題……麻衣小姐，妳剛才要離開的時候說『希望前往沒人認識我的世界』，這句話有幾成是真心的？」

「百分之百。」

「真的？」

「……有時候是這樣，不過有時候也會像現在一樣心想：要是再也吃不到克林姆麵包，就必須審慎考慮一下。」

麻衣從書包裡取出克林姆麵包，以雙手捧著小口咬。

「我是很正經在問這個問題。」

「……」

麻衣緩緩咀嚼。

等了約十秒，好好將麵包吞下去。

「我是很正經在回答你。」
她這麼說了。
「心情都會依照當時狀況而定吧？」
「哎，妳說得沒錯。」
「那麼換我問了。為什麼你要問這種問題？」
咲太的雙眼自然看向房門。他看的是已經離開的楓。
「以楓的狀況來說，和網路環境保持距離之後，事態姑且平息了。」
不上SNS的社群，不看留言板，也不參加通訊群組的互動。楓的手機門號解約，咲太將手機扔進海裡，這個家也沒有電腦。
「『姑且』是吧？」
「看診的醫生說，這或許像是『覺得肚子痛就真的痛起來』的狀況。不過醫生斷定那些傷始終是楓自己造成的……」
咲太並非完全接受醫生的說法，不過還是認同部分的說明。朋友講的壞話令楓難受，內心被撕裂踐踏，反映在身上成為各種傷。在楓身旁目睹的光景讓他只覺得是這個原因，他也能理解心理影響生理的感覺。要是有什麼覺得討厭的事，身體就不會健康。例如光是看到討厭的食物就想吐；討厭上游泳課所以發燒……任何人應該都有這種程度的經驗。

所以，即使事態的嚴重程度截然不同，「覺得肚子痛就真的痛起來」這種說法，聽在咲太耳裡有如一針見血。

「所以？」

「總歸來說，楓受傷的原因被解釋成心理因素。」

「這我知道。所以你的意思是說，我的狀況也適用這種解釋？」

「因為麻衣小姐妳在學校不是高明飾演著『空氣』嗎？」

「……」

麻衣的表情沒變。即使對咲太的指摘透露些許興趣，也只在眼眸深處詢問「所以呢？」冷淡地催促咲太說下去。這不是普通人做得到的技術。

「哎，所以說，為了避免狀況繼續惡化，我覺得麻衣小姐最好回到演藝圈。」

咲太很乾脆地移開視線，刻意以輕鬆的語氣告知。沒必要陪她們這種莫名的心機，即使站在公平立場交戰也沒勝算。

「這是怎樣？」

「只要麻衣小姐在電視上搶盡風頭，就算妳再怎麼高明地飾演空氣，旁人也沒辦法置之不理吧？就像妳停止活動之前的狀況。」

「是喔……」

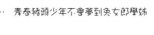

「而且，麻衣小姐應該也可以實現願望吧，可喜可賀。」
咲太朝麻衣一瞥確認狀況，在最後這麼說了。
「……」
麻衣的眉頭微微一顫。這是非常細微的變化，沒仔細看就不會發現。
「我的願望？那是什麼？」
咲太始終維持大而化之的語氣。
「回到演藝圈。」
「我什麼時候講過這種話？」
麻衣嘆口氣擺出無奈的態度，但咲太認為這是演技。
「如果沒興趣，妳剛才在電車上為什麼要忿恨地看著電影的吊牌廣告？」
咲太立刻犀利地切入這一點。
「只是因為我喜歡的小說改編成電影，我才會有點在意。」
「不是因為妳自己想飾演女主角？」
「咲太小弟，你很煩耶。」
從容的笑。沒能拆下麻衣的面具。
即使如此，咲太依然不死心地說下去：

「我覺得想做什麼就去做吧。畢竟妳有這個實力，也有實績，而且經紀人也希望妳復出，那就完全沒問題吧？」

「……和那個人無關。」

她的聲音很平靜，但是情緒有如從底部湧現的地鳴支配著話語。證據就是麻衣柳眉倒豎，瞪了過來。

「不要多嘴。」

看來踩到地雷了。

「……」

麻衣默默起身。

「啊，廁所在出去右手邊。」

「我要回去啦！」

麻衣抓起書包，迅速打開房門。

「呀啊！」

尖叫的是以托盤端茶過來的楓，她似乎剛好來到門口。明明直到剛才都穿睡衣，現在卻換成白色女用襯衫加吊帶裙。

「那……那個……那個……請用茶。」

麻衣氣勢駭人，楓完全嚇壞了。

「謝謝。」

麻衣在瞬間裝出笑容道謝，然後抓起玻璃杯一飲而盡。

「感謝招待。」

麻衣鄭重將玻璃杯放回楓手上的托盤，走向玄關。

咲太連忙衝出房間追她。

「啊，等一下，麻衣小姐！」

「什麼事啦！」

麻衣正在穿鞋。

「這個。」

咲太拿起裝了兔女郎服裝的紙袋給她看。

「送你！」

「那麼，至少送……」

「送妳一程」這句話只說到一半。

「很近所以免了！」

麻衣盡顯不耐煩的心情扔下這句話，從玄關奪門而出。

咲太原本想追過去，不過……

「哥哥，你會被逮捕啦！」

楓提醒他全身只穿一條內褲，他終究只能打消念頭。

咲太與楓留在走廊上。

「……」

「……」

佇立數秒後，兩人的視線不經意落在紙袋的內容物上。

整套的兔女郎服裝。

「這個怎麼辦？」

「我想想……」

咲太取出兔耳頭飾，總之先套在雙手捧著托盤無法抵抗的楓頭上。

「楓……楓不會穿啦！」

為了避免打翻剩下的茶，楓以慎重的腳步逃到客廳。

強人所難不太好，所以咲太暫時放棄讓楓穿。他將衣服收進房間衣櫃，相信總有一天可以快樂地玩兔姊姊遊戲。

「這樣就沒問題了。」

出問題的是麻衣那邊。完全激怒她了。

「明天得好好道歉才行。」

第二章

和好的代價

1

先說結論，激怒麻衣的隔天，咲太沒能道歉。

原本期待早上湊巧搭同一班電車，卻漂亮地撲了個空。咲太認為既然這樣就該主動出擊，在第一堂課結束後的短暫下課時間，造訪麻衣就讀的三年一班教室，卻找不到她的身影。

咲太詢問門口附近的三年級女生。

「櫻島同學？不曉得耶，她今天有來嗎？」

對方露出有點為難的表情。「然後，昨天啊……」她很快就回頭繼續和朋友聊天。

「……」

沒有麻衣的教室裡，充滿學長們嬉鬧的笑聲以及學姊們快樂的談笑聲。無論是二年級還是三年級，下課時間的氣氛都差不多。想像麻衣孤零零待在其中的樣子，咲太胸口莫名煩悶。

「她坐哪個位子？」

「咦？噢，那裡。」

學姊指向從窗邊數來第二排的最後面。咲太確認孤單地擺在該處的桌子掛著書包之後，決定回到自己的教室。

後來，咲太每節下課都到三年級的教室，卻沒看到麻衣。書包依然掛在桌邊，下一堂課的課本擺在桌上，所以咲太認為她肯定有來上學，但是每次都白跑一趟。

這麼一來，最後的希望是放學時間。班會結束的同時，咲太就快步跑向校舍門口，環視周圍尋找麻衣約二十分鐘。

確定沒看見之後，走出校門在通往車站的路上尋找。還是找不到。在七里濱車站月臺也沒看到麻衣的身影。

最後，這天別說和好，甚至沒能見到她。

這種狀況持續三天之後，即使是笨蛋也會察覺麻衣在刻意迴避。

傷腦筋的是，麻衣後來一直貫徹這種態度，未曾讓步。

就這樣經過兩週，她至今依然漂亮地迴避咲太。

昨天放學時，咲太下定決心在車站埋伏，卻也毫無成效。麻衣似乎是走到下一站搭電車，咲太等了一個多小時也沒等到她。

總之很棘手。

大概是藝人時代學習到迴避媒體採訪的技術吧，有時候甚至像是一陣霧消失。

「看來我踩了一顆超大的地雷。」

麻衣的固執態度使得咲太這種想法愈來愈強烈。

激怒她的原因在於勸她回到演藝圈，直接的導火線恐怕是「經紀人」這個詞。

這應該就是麻衣停止演藝活動的原因，以及她即使想復出也有所躊躇的原因吧。

咲太使用學校電腦調查，但是關於「櫻島麻衣」決定停止活動的原因，他只查到「應該是過勞吧？」或是「果然和製作人之間有什麼吧？」或是「反正是因為男人吧？」這種不負責任的臆測或傳聞。

這麼一來只能直接問當事人了，但當事人完美地迴避咲太，這樣根本束手無策。

這天放學後，咲太領悟到胡亂追蹤也沒用，決定稍微換個心情。輪值打掃結束之後，他前往物理實驗室。

為了見另一個朋友。

咲太輕輕敲門之後，不等回應就拉開門。

「打擾嘍～～」

他走進室內關上門。

「你打擾到我了，給我滾出去。」

毫不客氣的話語傳入耳中。

寬敞的物理實驗室裡只有一個學生。這個學生正在黑板前方，在教師上課用的桌上準備了酒精燈與燒杯，對入內的咲太連看都不看一眼。

是身高約一五五公分，體型嬌小，戴著眼鏡的女學生。披在制服外面的白袍特別顯眼，挺直背脊的身影挺帥氣的。

她叫做雙葉理央，是縣立峰原高中二年級的女學生，去年和咲太、佑真同班，參加社團是只有一名社員的科學社。曾經在社團活動的實驗中害學校部分區域停電或是引發小火災，是為人所知的怪人，總是穿著白袍也是她莫名引人注目的原因。

咲太將旁邊的椅子拉過來，隔著桌子坐在理央的正前方。

「最近怎麼樣？」

「沒什麼需要向梓川你報告的事。」

「講一些有趣的話題給我聽啦。」

「別把我捲進這種像是閒得發慌的高中生會有的對話。」

理央揚起視線瞪向咲太，或許她真的覺得咲太打擾到她了。

「我實際上就是閒得發慌的高中生，表現稱職不是很好嗎？」

咲太依然想繼續閒聊，理央無視於他，以火柴點燃酒精燈，放在裝水的燒杯下方。大概是要做某種實驗吧。

「我才要問，你最近怎麼樣？」

「哪有怎麼樣，沒什麼好報告的。」
「少騙人。聽說你對知名童星情有獨鍾是吧？」
不用想就知道她在說誰。她說的「知名童星」就是麻衣。
「那個人早就脫離童星身分，現在稱為演員或女星才對吧？」
不過在停止演藝活動的現在，或許應該稱為「普通人」。
「根本來說，這件事妳是從哪裡聽說的？」
「這問題很愚蠢。」
「哎，也只有國見了。」
只有佑真知道咲太的狀況。在校內被當成總是穿白袍的怪胎而被排擠的理央，同樣也只有佑真與咲太會找她說話。以上，證明完畢。
「他很擔心喔，擔心你是不是又插手管奇怪的事。」
「『又』是什麼意思？」
「居然擔心你這種爛人……國見那傢伙為什麼是那麼爽朗的好人？」
「要是查明箇中機制，請務必告訴我。」
咲太認為「個性好」這三個字是為了佑真而存在的。他由衷這麼認為。
去年「送醫」的傳聞傳遍校內的時候，也只有佑真沒改變自己對咲太的態度。他沒有將傳聞

照單全收，而是在體育課兩人一組時當面詢問：「那個傳聞是真的嗎？」

「不可能是真的。」

「我想也是。」

佑真隨即露出笑容。

「……你相信我的說法？」

老實說，咲太感到意外。因為幾乎所有同學都相信傳聞，還沒向咲太確認就保持距離。

「因為，這不是事實吧？」

「是沒錯……」

「既然這樣，比起不知道是誰說的謠言，我寧願相信眼前梓川的說法。」

「國見，你真的爛透了。」

「啊？為什麼會演變成這樣？」

「連個性都這麼帥，已經是男生的公敵了。」

「這是怎樣？」

這是距今約一年前發生的事，後來咲太就經常和佑真交談。

咲太心不在焉地注視著酒精燈的火。

「世間真是不公平呢。」

某種失禮的視線刺了過來。

「人與人居然差這麼多。」

理央明顯以同情的目光看向咲太。

「不要拿我和國見做比較。」

「我只有別的意思，別在意。」

「這樣會讓我在意吧？哎，不過就是他那種傢伙，可能暗藏不可告人的變態嗜好喔。世界肯定是用這種方式維持『爽朗度』的平衡。」

「你今天也位於底層呢。」

理央輕聲嘆了口氣。

「為什麼？」

「因為朋友這麼擔心你，你卻私下說他是變態。」

這個指摘漂亮得沒有反駁的餘地。

「……我現在體認到自己和國見的差距了。」

「這件事暫且不提。」

理央刻意先講這句開場白。

「幹嘛啦？」

燒杯裡的水開始冒泡沸騰。

「牧之原的事，你放下了？」

「……國見也是，為什麼你們都會扯到這件事？」

「你自己應該最清楚吧？」

理央熄滅酒精燈，將燒杯的開水倒入馬克杯，加入一匙即溶咖啡粉。看來不是做實驗。

「也給我一杯。」

「很抱歉，馬克杯只有一個。算了，用這個量筒就好。」

理央面不改色地遞出一根長約三十公分的細長玻璃圓筒。

「用這種東西喝咖啡，要是咖啡一股腦流出來就慘了。」

「你的假設是否正確，必須做實驗驗證。何況沒有其他可以用的替代品。」

「沒想過直接用剛才燒開水的燒杯嗎？」

「這樣過於理所當然，不好玩。」

理央即使嘴裡抱怨，依然在燒杯剩下的開水中加入即溶咖啡粉。

「雙葉，糖呢？」

「我不加。」

理央從抽屜裡拿出一個塑膠瓶，「咚」一聲放在咲太面前。標籤上寫著「二氧化錳」。

「這東西沒問題吧……」

「裡面的東西應該是砂糖，畢竟是白色的。」

「除了砂糖還有很多東西是白色粉末狀，就算是我也知道這種事喔。」

總之，咲太也知道二氧化錳是黑色的。

「姑且一點一點慢慢測試比較好。」

咲太無視於理央實際的忠告，決定喝黑咖啡。

理央見狀露出非常遺憾的表情，再度點燃酒精燈。還以為這次真的要做實驗了，她卻設置鐵絲網烤起魷魚乾。魷魚腳逐漸被烤彎。

「也給我一點。」

雖然不覺得適合配咖啡，但聞到香味就想吃了。

理央只撕下一根腳分給咲太。

咲太嚼著魷魚腳，決定進入正題。

「我說啊，妳覺得一個人有可能變得看不見嗎？」

「擔心視力的話，去眼科掛號吧？」

「不，我說的不是這個問題……是位於那裡卻看不見，類似透明人那樣。」

以麻衣的狀況，看不見她的人也聽不到她的聲音，所以實際症狀和透明人不太一樣……但咲

太想先從初步階段問起。
「所以，你要潛入女廁？」
「我沒有看別人排泄的嗜好，改成更衣室吧。」
「不愧是梓川，真的是豬頭少年呢。」
理央將手伸向書包，抓住插在內袋的手機。
「妳想打電話給誰？」
「警察。」
「除非發生案件，否則警察什麼都不會做喔。」
「說得也是。」
理央將手機放回書包。
「回答你剛才的問題。關於可以看見物體的機制，物理課本上有寫喔。研讀光線與透鏡的部分就好。」
理央將物理書籍「砰」一聲擺在咲太面前。
「我就是因為懶得查才會問妳。」
咲太鄭重歸還她提供的書。
理央不以為意地啃著魷魚乾。

「重點在於光線。光線打在目標物上，反射之後進入眼睛，人們就可以認知該物體的顏色與形狀。在沒有光線的黑暗中看不見物體。」

「反射是吧……」

「如果聽不懂，就將光線換成聲音思考看看吧？你好歹聽過海豚怎麼運用超音波吧？」

「聆聽超音波的反射狀況，測量自己和障礙物的距離是嗎？」

「對。實際上，似乎也可以藉此辨識對象的形體，船隻的聲納也一樣。或許是因為光線必須亮到耀眼的程度，才會確實感覺到光線進入眼睛，所以比較難想像光線也是相同機制吧。」

「是喔……」

「換句話說，不反射光線的透明玻璃很難看見。」

「啊～～確實。」

既然這樣，難道是因為麻衣的身體沒有聚光嗎？她是停止活動的藝人，總覺得這種形容方式很諷刺，不太好笑。

或許麻衣是如同無色透明的玻璃，不會反射光線……雖然也可以這麼推測，但是這樣依然無法解釋很多現象。

例如聲音就是一個問題，而且有人看得見她、有人看不見她。她的狀況更為複雜。

「我從剛才那番話大致明白了。」

「真的？」

疑惑的眼神。

「雙葉，妳覺得我是笨蛋對吧？」

「不對。」

「覺得我是超級大笨蛋？」

「我覺得你是明明察覺我想說什麼，卻刻意問這種問題的煩人傢伙。」

「居然說我煩人，妳啊……」

「也覺得你是明明看得懂氣氛，卻可以故意假裝看不懂的討厭傢伙。」

「是我不對，拜託別再揭我瘡疤了。」

「像這樣巧妙逃避的一面，真的是最好的證明。」

理央冷漠地啜飲著咖啡。

看來最好趕快回到正題。

「呃……那麼，接下來我縮小範圍問吧。像這樣坐在妳面前的我，有可能讓妳看不見嗎？」

「我閉上眼睛就好。」

「在妳睜著眼睛，視線筆直朝向我的狀況呢？」

「有可能喔。」

理央的回答和咲太想像的完全相反，而且非常乾脆。

「只要我專注思考某些事或是放空腦袋發呆就好，這樣就不會在乎梓川你。」

「不，和這種狀況不太一樣……」

「哎，聽我說完啦。換一個和光線原理不同的觀點……說到『看見』，有時候人類大腦運作造成的影響比物理現象還強烈。」

大概是咖啡喝完了，理央拿另一個燒杯裝水，放在酒精燈上面。

「比方說，我就梓川看來應該很小，不過就小學生看來肯定覺得大。」

「不，雙葉很大吧？雖然總是穿白袍包得很緊，但是隔著衣服也看得出來喔。」

咲太的視線投向理央隆起的胸前。

「不……不要提胸部啦！」

理央就像普通女孩以雙手遮住胸部。

「啊～～抱歉。原來妳在意這件事啊。」

「看來梓川你的心中沒有細膩或羞恥心之類的概念呢。」

「可能掉在這附近了。」

咲太轉頭張望四周。

「如果不想認真聽就給我離開。課上完了。」

理央站了起來。

「抱歉。我會認真聽，也不會看胸部。」

「就說了，不准提胸部。」

實際上就算說不看，咲太也沒自信不看。視線被那裡吸引已經是下意識的行為，除非在基因層面修正，否則應該很難說到做到。

咲太喝了口咖啡掩飾。

「換句話說，是否看得見物體，也包含個人的主觀是吧？」

「沒錯。不想看的東西連看都不看，人類大腦也做得到這種伎倆。」

甚至也有一句成語說「視若無睹」。沒放在眼裡，置若罔聞，沒注意。類似的說法五花八門，可以認同的部分也很多。

只不過，理央剛才說的那些內容，有一部分正面否定了咲太心中隱約描繪的麻衣處境。

講得不客氣一點，咲太推測麻衣是因為飾演「空氣」才導致旁人看不見她。咲太認為原因在麻衣身上。

不過，理央的說法全都站在旁人的觀點。換言之，這種現象和當事人的想法或立場無關。

「有個理論叫做『觀測理論』。」

咲太還沒整理好思緒，理央就投出下一球。

「『觀測理論』？」

咲太就這麼復誦這個陌生的詞。

「極端來說，存在於這個世界的物體，『被某人觀測之後才首度確立其存在』……就常人聽來是個非常誇張的理論。」

理央不帶情感地平淡說明。

「你至少聽過『箱子裡的貓』吧？薛丁格的貓。」

「啊～～我只聽過名稱。」

理央從桌子底下拿出一個空紙箱，放在咲太面前。

「在箱子裡放一隻貓。」

理央說著，先將一個招財貓撲滿放進紙箱。這是物理老師用來存五百圓硬幣的撲滿，不過似乎很輕。

「然後，放入以每小時一次的機率釋放輻射的放射性物質……」

接著，理央放入燒開水的燒杯。

「以及感應到輻射就會打開蓋子釋放毒氣的容器。假設容器一打開，貓就會確實吸入毒氣而死掉。」

最後，她將二氧化錳的塑膠瓶放進紙箱。

「將紙箱封好，等待三十分鐘。」
理央說著蓋上紙箱的蓋子。
「然後，這裡預先準備了放置三十分鐘的箱子。」
「這是料理節目嗎？」
理央無視於咲太的吐槽，繼續說下去：
「你覺得箱子裡的貓現在怎麼樣了？」
「唔～～放射性物質是以每小時一次的機率釋放輻射對吧？裝毒氣的容器感應到輻射會打開蓋子對吧？」
理央默默點頭。
「然後三十分鐘是半小時……所以機率是二分之一吧？」
「嚇我一跳，原來你聽懂了。」
「要是聽不懂這種程度的東西，我不是很笨就是沒聽妳說話。」
「那麼，貓是死是活？」
「就說了，不是五五波嗎？想調查貓的生死，晃一下箱子就好。」
「箱子是鋼鐵製的，被牢牢固定住。」
不過眼前的箱子是紙箱。

「那麼，我相信貓活著。」

「不過在這種狀況，梓川選哪一邊都不重要。」

「那就別問啊。」

「要『確定』貓現在的狀態，只能用看的。」

「方法真普通呢。」

理央打開紙箱。招財貓撲滿、燒杯、二氧化錳的塑膠瓶當然都在裡面。

「打開箱子的瞬間，就確定貓的生死。換句話說，在打開箱子確認之前，貓是一半存活、一半死亡的狀態。在量子力學的世界是如此。」

「這是什麼道理？比方說，貓可能在封箱的十分鐘後就死掉吧？這樣的話，不用多等二十分鐘打開箱子，貓就已經死了吧？」

至少對貓來說，牠的人生就此結束。不對，這種狀況應該說貓生……反正結果都一樣。

「所以我不是一開始就說了嗎？這是非常誇張的理論。不過，就算不提量子力學的解釋，我覺得這種想法本身切中真理。」

「真理啊～～」

總覺得很可疑。

「人類只以自己想看的方式觀看世間，你的傳聞就是很好的例子，傳聞比真相優先。如果你

是箱子裡的貓，全校的其他學生是觀測者，不就也能置換成現實狀況思考嗎？」

比起箱子裡的狀況，後續觀察者的主觀更為優先……這似乎是理央想說的意思。和當事人咲太的觀點無關，咲太的印象是以觀測者的觀點決定。

「這種說法不好笑耶……」

只不過，要將這種理論套用在麻衣的案例來思考並不是那麼容易。咲太看得見她，別人卻看不見，不曉得什麼條件會造成「看不見」的狀況。

咲太聽了這個有趣的理論，不過拼圖似乎還不完整。

基本上，「思春期症候群」這種難以置信的現象也不確定是否能以物理方式解釋。雖然某些部分似乎可以成為線索，不過找理央討論之後，感覺狀況更難理解了。

光是麻衣回到演藝圈，或許無法解決發生在她身上的這個狀況。咲太心中有這種討厭的感覺。理央的論點始終是以旁觀者的立場述說……光是麻衣改變想法，或許無法解決任何事。

「補充一下，在物理世界真的發生過『觀測改變結果』的案例。」

「真的？」

「有個實驗叫做『雙縫實驗』……我很單純地只說結論吧，在實驗途中是否進行過觀測，會影響最終得到的結果。」

「換句話說……日本足球隊比賽的時候，明明只看體育新聞的結果是贏球，不過只有我收看實況比賽的時候會輸球。是這個意思嗎？」

「我說的終究是在粒子世界……微觀世界的狀況。在實際觀測之前，粒子的位置是以機率的形式呈現，不是物質，而是波形，進行觀測之後才會收縮為物質。」

「不過，人類以及各種物體就是以這種微觀粒子組成的吧？」

咲太好歹知道，人類與物體是以分子、原子、電子等各種東西組成的。

「如果我剛才說的這些發生在宏觀的世界，要用你的說法解釋也行喔。還有，為了日本隊著想，你今後最好不要看足球賽。再也不准看。」

理央提出這個令人感恩的忠告。緊接著……

——二年二班的國見同學，籃球社顧問佐野老師找你，請到教職員室。

傳來這樣的校內廣播。

「……那個傢伙做了什麼事嗎？」

「不是叫你啊。反正應該是確認社團的練習課程吧？」

理央雖然一副興趣缺缺的樣子，卻會幫佑真說話。

咲太看向喇叭的時候，順便確認時間。三點出頭。

「啊，我要打工，先走了。」

「自己離開吧。」

「各方面都謝啦，也謝謝妳招待咖啡。」

「要道謝就向社團顧問物理老師道謝吧，因為這不是我的東西。」

理央拿起即溶咖啡的瓶子，出示蓋子上的名字。

「總之，只是少了一點點，應該不會被發現吧。」

咲太說完起身，背起書包踏出腳步。

正要開門的時候，咲太不經意想到一件事，轉身往後看。理央似乎終於要正經做實驗了，正在調整瓦斯噴槍的火力。

「雙葉。」

「嗯？」

理央只以聲音回應，視線依然落在青白色的火焰上。

「國見的事，妳沒問題嗎？」

「……」

理央以搖曳的雙眼注視咲太。

接著……

「沒……」

她想回應，但是語塞了。恐怕是想回應「沒問題」卻失敗了。音調變尖，想保持原本音調的理央表情變得緊繃。

「我習慣了。」

理央放棄回答「沒問題」，以無力的面容微笑。

咲太沒辦法做任何事，只能旁觀理央這份無法實現的單戀。

「你打工要遲到了。」

理央以下巴示意咲太快走。咲太在她的目送之下，走出物理實驗室。

「習慣了……意思是完全沒放棄吧？」

咲太背著手關上身後的拉門時，下意識地低語。

2

「梓川，在晚餐時間開始忙之前，你先休息吧～～」

「是。」

連鎖餐廳的店長吩咐之後，咲太來到兼用為男更衣室的休息區，佑真剛好換完衣服，從置物櫃門後現身。明明剛結束社團活動卻毫無疲態。

咲太察覺佑真的眼神有異。

「喲。」

「嗨。」

佑真掛著爽朗笑容繫上圍裙，咲太冷漠地出聲回應。

「你在休息？」

「不然就在外場了。」

「也對……好！」

看來圍裙的繩結打得很好。佑真在鏡子前面整理服裝儀容。

「啊，對了，咲太。」

佑真似乎想到某件事，再度搭話。

「嗯？」

咲太坐在折疊椅上，拿起桌上的茶壺倒茶，發出聲音啜飲。

「你有事情瞞著我對吧？」

「這個說法是怎樣？你是我女友嗎？」

咲太瞬間緊張了一下，以為佑真要說理央單戀的事，但他說的是另一個名字。

「我不是在開玩笑，是在說上里的事。」

「啊～～」

咲太暗自鬆了口氣，移開視線。這同樣是咲太不太想提及的一件事，不過佑真似乎知道上里沙希兩週前曾叫咲太到校舍樓頂。

恐怕是聽當事人說的吧。這樣就無從逃避了。

「國見，你的女友真厲害呢。」

「對吧？她是我引以為傲的女友。」

「她叫我不准跟你說話。」

「她的獨占慾很強，超愛我的。」

「你和我混在一起，股價好像會下跌。你現在股價多少？」

「該怎麼說，抱歉！」

佑真雙手合十低下頭。

「你也真厲害呢。」

「哪裡厲害？」

「我誘導成這樣，你卻完全不說女朋友的壞話。」

「當然啊，因為我是喜歡她才和她交往的。她雖然有點一意孤行，卻是率直的好女孩。」

但咲太覺得有點率直過頭……

「這是什麼感想啊？簡直像是遭受家暴的老婆。」
「『老公有時候對我很好』這樣？少胡說了。」
「總之，不用在意我。無論上里怎麼說，我都不痛不癢。」
「這同樣讓我內心五味雜陳呢。」
佑真為難般露出笑容。
「不提這個，我才要道歉。」
「怎麼突然這樣？」
「你聽我說你女友的壞話，內心肯定不好受。」
「我不在意啦。」
「你這樣會對不起上里吧？」
「啊，說得也是。」
佑真純真地笑了。
「話說，這種事無所謂啦。不提這個，咲太，今後也不准胡亂操心啊。要是你躲我，我才真的會生氣。」
「到時候就算你和女友吵架，我也不負責喔。」
「這種事到時候再說……而且我隱約覺得她生氣的矛頭會指向你，所以應該沒問題。」

佑真隨口說出麻煩事。

「喂，等一下，你說什麼？」

「反正你不痛不癢，所以不怕吧？」

佑真露出得意洋洋的笑容。

「敢對女生說『那個來了？』的男生果然不一樣。你的心臟是怎樣？鐵打的？」

佑真哈哈大笑。

「啊，慘了，時間！」

佑真看了時鐘之後連忙打卡。

「國見上工了～～」

他就這樣前往外場。

不過，佑真不到一分鐘就回到休息區，大概是忘記拿東西吧。然而，應該沒什麼會忘記拿的東西才對……

佑真毫不猶豫將視線落在咲太身上，似乎想說些什麼。

「什麼事？」

「那個女播報員又來了。」

佑真的表情無懈可擊，嚴肅之中暗藏擔心咲太的和藹神色，足以證明這個人對咲太來說是不

該歡迎的客人。

咲太無視於休息時間來到外場，筆直走向深處的餐桌。一名介於二十五到三十歲之間的女性獨自坐在四人座。清純的春天色系短袖女用襯衫加上過膝裙，避免過度花俏的自然妝，略顯知性，整體給人的感覺很像播報員。不過她真的是播報員……

「您好，為您點餐。」

咲太終究以制式口吻搭話。

「好久不見。」

「請問您是哪位？」

「原來如此，來這招啊。那麼，初次見面，這是我的名片。」

女性客氣地遞出名片。

電視台的標誌，部門是播報部，中央印著「南条文香」這個名字。

咲太雖然剛才那麼說，但其實認識她。妹妹遭受霸凌的那時候，文香以採訪「國中生霸凌問題」的名義和咲太見面，至今打了快兩年的交道。

「今天有什麼事？」

「我今天到附近採訪魩仔魚的新聞，傍晚就下班了，所以過來見你。」

即使面對故作喜悅的文香，咲太也不改表情。咲太知道文香的目的。她在採訪霸凌時，得知思春期症候群的存在而感興趣。她當然不是劈頭就相信這種都市傳說，是抱持半信半疑的質疑態度。不過如果是真的，就可能成為天大的獨家新聞，所以無法完全放棄。這是昔日文香自己隨口這麼說的。

「既然下班了，要不要找棒球選手約會？這才像女播報員該有的樣子。」

「這個提議很吸引我，不過現在是球季，我看上的一軍球員都在工作。」

現在時間是下午六點，開賽的時間。

「何況如果只是要約會，這裡也可以約會。」

文香朝咲太投以別有深意的視線。

「我對阿姨沒興趣。」

「咲太小弟還是孩子，不懂這種成熟的魅力嗎？」

文香托腮從下方窺視咲太的臉。

「看得出您比三個月前見面的時候胖了。上臂差不多拉警報了喔。」

「……！」

文香眉角上揚，似乎有點不高興。

「真不可愛呢。」

她靠在椅背上這麼說。

「真要說的話，我想變帥氣……請問要點什麼？」

「我要外帶咲太小弟。」

「客人腦袋似乎出了問題，就幫您點一輛救護車吧？」

咲太淡然回應。

「起司蛋糕加飲料的套餐。我要熱咖啡。」

文香不看價目表就點餐。她來這裡都點同樣的餐點。該怎麼說，這部分的行為很像男生。

「請問這樣就好嗎？」

「關於那個事件，你還不想說嗎？」

文香從包包取出智慧型手機，開始檢視收件匣。

「一輩子都不想。」

「你胸口的傷，只要讓我拍一張照片就好。」

「不要。」

「為什麼？」

文香以指尖捲動手機畫面。

「那麼，南条小姐願意讓我拍裸照嗎？」

「嗯，好啊。」

「這裡有色女喔～～」

「只能留著自用哦。要是外流到網路上，我終究會被公司開除。」

咲太覺得繼續拌嘴也很蠢，不回應就轉身離開。

不過，他剛離開兩三步就不經意想到一件事。

「請問……」

咲太走回來詢問文香。

「嗯？」

文香看著手機，心不在焉地回應。

「南条小姐認識櫻島麻衣嗎？」

咲太即使稍微猶豫，依然說出這個姓名。

「反過來說，有誰不認識她嗎？」

文香的視線依然在檢視電子郵件。

「她停止活動的原因……南条小姐知道嗎？」

咲太知道文香在談話節目擔任助理，也會採訪演藝圈的新聞。

「……」

文香露出呆愣的表情，似乎在質疑咲太為什麼會問「櫻島麻衣」的事。但她立刻置換成另一種情感。

對於咲太問這種問題感到興趣。

不過，文香即使將想法寫在臉上，卻刻意不多問。

「至少我覺得我知道普通人不知道的部分。」

「這樣啊。」

「所以？這是以小孩的身分提出的請求？還是同為大人的對等交易？」

「請不要把我當小孩。」

「這樣啊。那我不能白白告訴你，沒問題吧？」

「只能拍一張照片。」

「呵呵，成交。」

文香彷彿換了一個人，將手上滑的手機收回包包。在文香視線的催促之下，咲太坐上大人的談話桌。

勤快打工到九點的咲太在返家途中去了一趟便利商店。他經過行人稀少的住宅區，有氣無力地走了十分鐘左右，抵達居住的公寓。

搭電梯直達五樓之後，他發現家門旁邊有人。

背靠牆壁坐在地上的，是身穿峰原高中制服的麻衣。她抱著腿坐著，而且雙腿的膝蓋與大腿緊緊併攏，只有小腿張開。一樓大門是電子鎖，她大概是跟著其他住戶進來的。

咲太走到麻衣身邊，她隨即忿恨地仰望他。

「終於回來了。」

「我在打工。」

「哪裡？」

「站前的連鎖餐廳。」

「是喔～～」

「麻衣小姐。」

「什麼事？」

咲太首先「啪」地拍掌，再擺出「V」的勝利手勢，接著以雙手在頭頂比了個「圓」，最後以拇指與食指做出眼鏡的形狀貼在眼睛上，這當然是「看見」的意思。

「這是什麼遊戲？」

麻衣露出瞧不起人的眼神。看來她完全沒察覺純白內褲隔著黑褲襪走光了。太沒戒心了。

「內褲被看光了。」（註：咲太之前比的一連串動作代表的諧音）

咲太不得已，只好講明。

麻衣恍然大悟，低頭確認自己的下半身。

「只……只不過是被比我小的男生看到內褲，算不了什麼。」

麻衣嘴裡這麼說，卻以大腿夾住手臂，隨手將裙子正中央的布料往下拉。不知為何，想要隱藏的模樣反而比剛才清晰可見的模樣煽情得多。

「可是妳滿臉通紅耶。」

「因……因為我在興奮！」

「唔哇，這裡也有色女。」

「誰是色女啊！」

麻衣直直地瞪過來。

「哎，總之我覺得站起來就好了。」

咲太輕輕朝麻衣伸出手。

麻衣將手伸到差點要碰到咲太的手的位置，但大概是想起彼此還沒和好，突然又將手縮回去，輕哼一聲之後自己起身。

「你這男生的手不知道抓過什麼東西，我可不想碰。」

麻衣露出得意洋洋的笑容，似乎很開心。不過這股優越感沒持續太久，她的肚子「咕～～」

地發出聲音。

「……」

「……」

「肚子餓了呢～～」

咲太以生硬語氣打圓場。

「你個性好差。」

「我在這方面挺有自覺的。」

咲太從回程光顧的便利商店購物袋裡拿出克林姆麵包。

麻衣稍微猶豫之後，緩緩伸出手。咲太總覺得好像在餵野貓。

麻衣打開包裝，吃起克林姆麵包。

「妳什麼時候轉型成了吃貨角色啊？」

「……」

麻衣默默地繼續咀嚼。

「我沒辦法買東西。」

嘴裡的麵包確實吞下去之後，麻衣說得像是在怪罪咲太。

「啊～～對喔。」

因為別人看不見，所以麻衣沒辦法結帳。咲太之前就目擊麻衣想在車站店家買麵包，卻被阿姨當成了空氣。那是一幅可憐的光景。

「這兩週，看不見我的地方愈來愈多，藤澤站周邊已經完全不行了。就算要網購，如果沒辦法簽收，結果還是一樣。」

「那麼，要進來嗎？」

咲太從口袋取出鑰匙，指向家門。

「我會賞賜食物給妳喔。」

「你這說法……」

麻衣筆直地瞪了過來。很遺憾，一點都不恐怖，反倒很可愛。

「那麼，就款待妳一頓吧。」

「不要。在這種時間進入男生家裡，不就等於任憑擺布嗎？」

「原來如此，這就是麻衣小姐的ＯＫ暗號啊，我要記下來。」

「給我忘記。」

麻衣的手刀打在咲太頭上。

「好痛！」

「別胡扯了，總之陪我買個東西。」

「啊，那請等我一下，我要跟妹妹說聲我回來了。」

「知道了，我下樓等你。」

麻衣背對開鎖的咲太，走向電梯。

咲太花了十五分鐘說服一直等他返家的楓，然後又花十五分鐘安撫等了十五分鐘的麻衣，加上移動需要的十分鐘，咲太與麻衣終於抵達車站附近的超市時，早就已經超過晚上十點了。營業到十一點的店內還有不少客人，不時看得見穿西裝的年輕男性，大概是下班順便來購物的獨居白領族吧。

咲太平常也會光顧這間超市，不過很少在這個時段前來，所以莫名覺得新奇。而且有一件事更新奇，就是他今天並非一個人來。陪他來的是赫赫有名的櫻島麻衣。挑選食材的麻衣走在前方不遠處，咲太推著推車跟在她身後，不知為何覺得好開心，臉上自然露出笑容。

「這樣的構圖完全就是情侶耶。」

「你剛才說什麼？」

兩手拿著紅蘿蔔的麻衣轉過頭。

「不，沒事。」

「放心，反正周圍的人看不見我。」

看來她其實聽見了。

「但我覺得這是女朋友即將第一次在我家過夜，要親手做飯給我吃的場面耶……」

「老是妄想這種蠢事會真的變蠢喔。」

麻衣一臉無奈，將右手的紅蘿蔔放回架上。

「那麼，我問一件正經事。」

「真的嗎？」

聽語氣就知道她完全不相信。

「麻衣小姐剛才拿的紅蘿蔔，在看不見麻衣小姐的人眼中是什麼狀況？浮在空中？」

「好像看不見。」

麻衣一口斷定，大概是已經實驗過了。

而且她將紅蘿蔔舉到剛好路過的白領族面前，對方沒反應。

「看吧。」

「好像是呢。」

「之前我把要買的東西放進籃子拿到收銀台，但是也行不通。根本來說，我的衣服也同樣沒被別人看見吧？」

聽她這麼說就覺得確實如此。並不是只有身體變成透明。

「難道說，被我碰到的東西都會變得看不見？」

「依照這個道理，整個地球都會變得看不見吧？」

「你這個想法的格局真大耶。」

「因為我是器量大的男人。」

「是是是。」

麻衣很乾脆地帶過。

「不過，既然這樣……我被妳碰到的話會怎麼樣？」

「這是拐彎抹角暗示想和我牽手？」

「不，只是實驗。」

如果只要碰觸就好，咲太已經有過這種經驗了。上次帶麻衣到家裡時，她摸過咲太胸口的傷痕，在電車上也曾說著「好像會懷孕」推開咲太的肩膀。

不過，咲太並沒有變得看不見。現在放進推車的紅蘿蔔等食材，只要由咲太拿到收銀台，應該也可以正常購買。

真要說的話，咲太想知道被麻衣碰到的時候會變成怎樣。

「如果是這種理由，我就不跟你牽手。」

麻衣快步走向肉品區。

「我說要做實驗是掩飾害羞，其實我只是想和麻衣小姐牽手。」

咲太一邊觀察她一邊在她身後這麼說。

「所以？」

麻衣轉頭看著咲太，露出愉快的微笑。

「我甚至沒牽過女生的手，請收下我的第一次。」

「雖然有點噁心……總之，算你合格吧。」

麻衣等待咲太追上來，與他並肩。緊接著，人體肌膚的溫暖覆蓋在咲太的右半身。麻衣緊緊挽著咲太的右手臂。

咲太當然嚇了一跳，心跳加快。

高䠷的麻衣臉蛋就在旁邊，近得像是可以細數每根睫毛。

「……」

隨著時間經過，柔軟的胸部觸感也變得明確。在兔女郎打扮的時候就確認過，麻衣雖然體型苗條，該發育的地方卻發育得很好。

而且還有淡淡的芳香。咲太頭昏眼花。

「你正在想色色的事情對吧？」

「我想的事情比麻衣小姐想像的色一百倍。」

咲太說出實話之後，麻衣突然離開。

「不過，成熟的麻衣小姐不會在乎這種小事吧？」

「也對。只不過是比我小的男生對我想入非非，算……算不了什麼。」

賭氣的麻衣更加用力挽住咲太的手臂。

「唔哈！」

咲太不禁發出怪聲。

這使得一旁的白領族投以疑惑的視線，兩人四目相對。他似乎確實看得見咲太，卻絲毫沒察覺櫻島麻衣的存在。看來這個人果然看不見麻衣。

「那個……麻衣小姐？」

「還不滿意？」

「對不起，我認輸。這樣下去會因為某些原因不方便走路，請饒了我吧。」

「這是你亂挑釁人的處罰。」

覺得有趣的麻衣不肯放手，似乎逐漸對這種互動免疫了。

雖然這麼說，但麻衣的行為完全不是處罰，只算是豐厚至極的獎賞。

「啊，對了。我剛剛才想到，我們正在吵架吧？」

「說得也是。」

麻衣靜靜收起笑容，不是滋味地離開咲太。變臉的速度快得嚇人，完全無法分辨究竟是真的還是演技。

雖然咲太覺得自己那麼說有點可惜，之後依然非常開心地和麻衣一起購物。

儘管結帳時抱持一絲不安，不過咲太拿的食材全都順利通過了收銀台。他正常地付錢之後，將購買的蔬菜、肉類與零食裝進袋子。

兩個袋子都由咲太提，兩人走出超市。

咲太和麻衣並肩踏上歸途。雖然這麼說，但咲太不知道要回到哪裡……

「麻衣小姐住哪裡？」

既然在藤澤車站這邊購物，肯定住在從車站徒步走得到的地方吧。

「地球。」

麻衣淡淡地這麼說，所以咲太決定乖乖走在她身旁由她帶路。目前的行進路線和咲太住的公寓方向相同。

「好期待參觀麻衣小姐家呢。」

「我不會讓你進去。」

麻衣斷然拒絕，眼神也很嚴肅。

「咦～～」

「不要發出這種像是小孩的聲音。我們正在吵架吧？」

「那是因為麻衣小姐不坦率。」

「啊？你怪我？」

「想演戲的話，繼續演不就好了？」

「不要多嘴。」

聲音平靜卻具備魄力，比拒絕更強烈的抗拒。麻衣冰冷地抗拒著咲太。

「因為我一無所知？」

「沒錯。一無所知就別插嘴。」

「不過很遺憾，我好歹知道麻衣小姐停止活動的理由喔。」

「是是是。」

麻衣像是瞧不起人般笑了。

「原因是國三時出的寫真集吧？」

「！」

咲太一說出這句話，麻衣的表情就不再從容。

「明明開出『絕對不拍泳裝照』的條件，卻因為有泳裝照絕對可以大賣，經紀人母親就擅自簽約了。」

在這之前，即使是雜誌也沒拍過泳裝照，以就算沒拍泳裝照同樣能滿足市場需求自豪，反倒還因為不裸露而確立了特別的地位，光是打著美少女的招牌就夠了。

「麻衣小姐因為這件事，和母親大吵一架，決定以最能夠打擊母親的『停止演藝活動』還以顏色。」

「……」

「不過，這根本是胡鬧。」

「吵死了……」

「連自己想要的東西都一起丟掉，根本沒意義。」

「吵死了！」

「不，是麻衣小姐比較吵。這樣會妨礙安寧，請保持……」

咲太還沒說完，一記耳光就賞在左臉頰上，響起「啪！」的清脆聲響。

「我也是煩惱很久才決定的！」

「……」

「我還只是國中生耶。但我進入攝影棚就突然拿泳裝給我，而且周圍只有大人……他們說已

經簽約了，我明明千百個不願意，但他們說這是工作，我也只能認命……只能強顏歡笑！」

如果她活得更加平凡，任性地說「不要」或許行得通，或許可以耍賴拒絕。然而她是櫻島麻衣，櫻島麻衣從六歲就一路以專業藝人的身分在大人堆裡工作……

為拍攝現場添麻煩是大忌。她非得察言觀色，進行聰明的判斷。明明是孩子，卻非得假裝成大人才行。

「到最後，那個人滿腦子只想利用我賺錢。」

吐露的情感很惡毒，顏色好混濁。正因如此，咲太察覺到這才是最大的理由。母親只將她視為商品，她才這樣反抗。

咲太沒說自己能體會這種感受。他完全不懂。雖然不懂，但能確定唯一一件事。

「既然這樣，我覺得妳更應該回到演藝圈。」

「為什麼？」

「因為明明經歷過這麼多討厭的事，妳卻依然在做自己討厭的事。」

「咦……」

「想做的話不要忍耐，就去做吧。這種事連我都懂，所以其實妳肯定也懂。」

「……」

麻衣低下頭，冷卻一時變激動的熱度。

「……」

沉默了整整十秒。

「抱歉打了你。」

她輕聲道歉。

痛楚後知後覺般來臨，臉頰變得火熱。

「一般來說，哪有人會打雙手提滿東西的人啊？」

「就算這樣，我好歹不是用拳頭打。」

「……真是謝謝妳啊。」

咲太以生硬的語氣率直地表達現在的想法。

「完全感覺不到你的謝意。」

「當然啊，因為挨耳光的是我。啊～～好痛，好痛喔～～」

「真誇張。」

「痛到快掉眼淚了，或許要溫柔漂亮的學姊摸我才會好喔～～」

「自作自受。」

「咦？怎麼說？」

咲太覺得自己這次沒錯。

「是誰故意用那種語氣激怒我呢？」

麻衣不悅的眼神束縛住咲太。

「妳在說什麼？」

事到如今裝傻已經來不及，但也不能就此承認。

「你覺得我變得情緒化之後就會講真心話，才會刻意引誘我吧？」

「小的不敢。」

「你的個性還真好。」

麻衣伸手碰觸咲太的臉頰。還以為她要撫摸，她卻緩緩捏住。沒被打的右臉頰同樣被捏，兩頰被她往兩側拉扯。

「好痛好痛！」

「不提這個，咲太小弟。」

完全恢復自我的麻衣投以質詢的目光。

「我停止活動的內幕，你是聽誰說的？」

「……」

咲太的視線不經意逃向夜空。

「不准看旁邊。」

麻衣在手指上使力。

「好痛好痛！」

「所以，你聽誰說的？」

看氣氛終究沒辦法沉默帶過，打馬虎眼應該也不管用。這是普通人不會知道的情報，麻衣自己最清楚這一點。因為這是直到今天都沒曝光的情報。

「楓出事的那時候，我認識一位來採訪霸凌事件的播報員。」

「誰？」

「叫做南条文香……」

「噢，那個女的。」

「妳認識？」

「她一直在白天的談話節目當助理吧？我也受過她照顧。」

麻衣說的「照顧」當然不是正面的意思。

「那為什麼至今還跟她打交道？妳妹妹的事件是兩年前的事吧？」

「啊～～呃～～」

「給我說。」

「採訪的時候，只有她稍微對思春期症候群感興趣，也看過我胸口的傷。後來她偶爾會來要

求我接受採訪。」

順帶一提，關於麻衣的事，文香事先說了「我會加入某種程度的臆測，可以嗎？」這段開場白。似乎是各方面施壓要求這件事不能見光。

「也就是說，你為了得到我的情報，對那個女人講了某些事吧？」

麻衣說到痛處。

「不，完全沒說。」

咲太克制加速的心跳，面不改色地回應。

「騙人。那個女人莫名具備採訪記者的特質，而且基本上，媒體人不可能平白提供情報。你們肯定做了某些交易。」

看來關於電視業界的事情，麻衣熟悉得多，咲太終究沒辦法強行以謊言帶過，應該也不被允許保持沉默吧。咲太認命，決定招供。

「是拍照啦。讓她拍一張胸口傷痕的照片。」

咲太當然沒透露兩人是進入廁所隔間拍照。當時敵不過香水的芳香而稍微想入非非，這件事別說出來絕對比較好。

「笨蛋。」

「妳很過分耶。」

「真的是笨蛋。你在想什麼啊？」

麻衣咄咄逼人地宣洩情緒，感覺得出她真的在生氣。

「當然是在想麻衣小姐的事啊。」

「……」

「我是說真的。」

咲太怕得不太敢看她，將視線移向一旁。

「唉……」

大概是覺得無奈吧，麻衣的手無力垂下，咲太的臉頰終於解脫。但咲太感覺還是很痛。

「你會因為傷痕經歷不好的事喔，甚至可能殃及你妹。」

麻衣的眼神很嚴肅。

「我沒透露楓的事。」

「既然兩年前採訪過霸凌事件，她很可能也察覺了你妹妹的狀況吧？」

「總之，這算是在所難免吧……」

「來。」

麻衣突然伸出手，像是在要求什麼東西。咲太猜不透她的意圖，將袋子集中在一隻手，將另一隻手伸過去。

不過，手還沒碰到她就被拍掉。

「我再說一次，交出那個女人的聯絡方式。」

「妳剛剛有說過嗎？」

咲太搜尋記憶，但她從來沒講過這種話。

「給我放聰明一點啦。」

「麻衣小姐，您這樣很像女王大人。」

「你太小看電視了，冒失也該有個限度。要是引起媒體的興趣，你會被各方採訪人馬包圍耶。自己想像攝影機在家門口緊迫盯人的景象吧。」

咲太依照吩咐，動員所有想像力想像。世間針對發生醜聞的人的嚴厲目光、閃個不停的閃光燈、各種毫不客氣的問題……將至今看過的影像當事人替換成自己連結起來。

「……」

咲太嚥了一口口水。

「……不舒服。」

臉上逐漸失去血色。

「成真之後會不舒服一百倍。」

麻衣的落井下石強而有力。咲太後知後覺地認為自己做了無法挽回的事，背脊莫名發涼。

「行動的時候給我更慎重一點。聽到沒？」

麻衣即使面露不耐，卻沒有釋放厭惡的氣息。明明在罵咲太，卻覺得暗藏暖意。麻衣應該是真的在擔心，真的在責備過錯吧。咲太察覺到這一點。

「回話啊。」

「是，知道了，我會小心。不過，照片已經……」

「所以說，拿來。」

麻衣再度伸出手。

「你至少知道聯絡方式吧？」

咲太從錢包抽出今天收到的名片，遞給麻衣。

麻衣先看正面，然後立刻翻面。

「手機號碼居然手寫，低級。」

咲太不知為何被罵。

「我確實喜歡年長女性，不過對阿姨沒興趣。」

「是喔……」

麻衣就這麼不悅地拿手機撥號。

「慢著，麻衣小姐，妳想做什麼？」

「別講話。」

麻衣將智慧型手機抵在耳際，輕盈轉身背對咲太。電話似乎很快就接通了。

「抱歉突然打擾，我是之前工作上受妳照顧的櫻島麻衣。這不是惡作劇，請別掛電話……嗯，是的，就是那個櫻島麻衣，好久不見。現在方便講電話嗎？」

麻衣流利地說下去。

「今天和妳聯絡，是想商量梓川咲太的事。他是我的高中學弟。嗯，是的……」

以沉穩語氣講電話的麻衣看起來莫名可靠又成熟。

「希望妳不要公開他胸口傷痕的照片。可以的話，也希望避免徵詢專家意見……是的，我當然不會平白要求，我會提供獨家做交換。」

「等……等一下，麻衣小姐！」

麻衣究竟想說什麼？該不會反過來想出賣她自己吧？如此心想的咲太慌了。

麻衣只轉過頭來，像是吩咐小孩別講話，「噓～」地以食指抵在嘴脣上。

「嗯，我知道。我會準備適當的情報，請放心。」

麻衣再度背對咲太說下去。

「不久之後，我將回到演藝圈，我保證到時候讓貴公司與妳獨家採訪……是的，那當然，我知道光是這樣沒什麼話題性，但我覺得妳聽完我接下來這番話就能接受。」

麻衣這時候停頓片刻，然後說出預先準備的話語。

「我不會回到母親的經紀公司，會從別的經紀公司復出。」

聽她說到這裡，咲太應該比南条文香還驚訝吧。在幾天前以及剛剛……兩人才為這件事吵架。咲太勸麻衣復出，麻衣大為抗拒……可是，麻衣現在說了什麼？她說她要復出。如果這件事嚇不了咲太，也就沒有什麼事嚇得了咲太了。

「梓川的新聞會讓世間懷疑妳是否沒常識，相較之下，我想我的新聞更具備立即的效果。妳覺得如何？請研究一下。」

接下來好一陣子，麻衣都在說「嗯」或「是」或「知道了」，似乎在回應文香的確認。

「那麼，協商成立。今後也請維持愉快的合作關係。」

麻衣鄭重應對到最後，結束通話。

她立刻轉身面向咲太。

「就是這麼回事。」

「不好意思。」

「為什麼道歉？」

「謝謝。」

「你像這樣消沉的話，也還算可愛嘛。」

咲太只有這次說不出消遣的話語，完全抬不起頭。想像自己被攝影機追著跑時的寒意已經消失無蹤，安心感填滿內心。給予這份安心感的無疑是麻衣。

「不過，妳說要回到演藝圈……」

而且還說要換經紀公司。

「我認為你說得對。」

麻衣噘起嘴，大概是不想承認吧。

「我喜歡拍連續劇與電影的工作，有成就感又快樂，希望一直從事這份工作。一直對這份意願說謊也無濟於事……不好嗎？」

「不好。完全不好。」

「什……什麼嘛，這時候應該要諒解我吧？」

「這兩週完全避不見面的妳沒資格這麼說。」

「我剛才不是幫了你嗎？」

「這是兩回事。」

「唔……我這麼逞強真抱歉啊，對不起。這樣行嗎？」

即使有點不甘心，麻衣依然認錯道歉。

「還差一點。」

「請原諒我，我在反省了。」

「要是揚起視線加點老實可愛的模樣就更完美了。」

「不准得寸進尺。」

麻衣捏住咲太的鼻子。

「唔哇，妳做什麼啦！」

聲音和平常不同，帶點鼻音。麻衣聽到這個聲音，說聲「好好笑」笑了出來。

咲太後知後覺地到這個時候才明白，麻衣今天為何在家門口等他。

麻衣來告知她即將回到演藝圈。

麻衣是自己做出這個決定，和咲太向文香打聽隱情無關。

咲太雖然莫名覺得不甘心，心情卻舒暢多了。

「世界真的是自己在運作呢。」

「你剛才說什麼？」

「自言自語。」

兩人並肩再度前進。感覺腳步比剛才輕盈得多。如果思春期症候群因為麻衣的決心而消失就更完美了。

三分鐘後。

「這裡。」

麻衣說完停下腳步。這裡是咲太住的公寓門前。

「咦？」

「嗯，是這邊。」

麻衣指著對街的公寓。之前她面不改色地說「很近所以不用送」，卻沒想到這麼近，咲太嚇了一跳。這是今天最令咲太驚訝的事，比麻衣宣告回歸演藝圈還令人驚訝。

「謝謝你幫忙提東西。」

麻衣從咲太雙手中搶過購物袋。很遺憾，她似乎真的不讓咲太進入屋內。

「對了，咲太小弟。」

「女王大人，什麼事？」

「週末給我空出時間來陪我。」

咲太脫口稱呼「女王大人」，使得麻衣下一句話莫名配合。

「復出之後，應該會忙到沒時間玩。我在這裡住了兩年，卻連鎌倉都沒去過，很奇怪吧？所以我希望至少去一次。」

「這麼簡單就接得到工作？」

咲太投以質疑的視線。

「我可是櫻島麻衣喔。」

麻衣隨即若無其事地放話。

這句話聽起來沒有傲慢的感覺，真厲害，甚至達到灑脫的程度，而且頗具真實感。咲太預料以麻衣的實力，真的可以輕易就排滿工作。

「啊，可是週日……」

「有別的事情比我的邀約更重要？」

「我週末早上到午餐時段都要打工。」

「那種事找人代班啦……這句話我說不出口。」

也不想想是誰講得這麼大聲。

「總覺得打工比我還優先，氣死我了。」

「我兩點下班，之後就可以。」

「哎，就這樣吧。」

看她踩了咲太一腳，應該是完全無法接受，但她表面上表示理解。搞不懂她是大人還是小孩。咲太心想：櫻島麻衣應該不是介於兩者之間，而是兩者的綜合體吧。

「不准嘻皮笑臉。」

「麻衣小姐邀我約會，我當然藏不住笑意啊。」

「啊，這不是約會。」

麻衣隨口否定。

「咦～～」

「這麼希望是約會？」

「當然。」

咲太用力點頭。

「那麼，我就當成是這麼回事吧。」

「好耶！」

咲太很自然地振臂叫好。

「這麼開心啊？」

「那還用說？」

「那麼，兩點五分在江之電藤澤車站驗票閘口前面集合。」

「我說過我打工到兩點吧？」

「所以給你五分鐘。」

「要看店裡的客人多寡，不確定能不能準時下班，請多給一點緩衝時間。拜託。」

「那麼，兩點半。你敢遲到一秒，我就走人。」

「知道了。」

就這樣，咲太意外地約好了這輩子第一次的約會。

當晚。

「呀吼～～！」

據說梓川家的浴室傳出了喜悅的咆哮……

第二章

首次約會難免引起波瀾

1

天氣晴朗。期待已久的星期日，是最適合約會的天氣。

打工也準時在下午兩點結束，距離見面時間反倒還有一陣子，所以咲太決定回家一趟。

騎腳踏車飛奔約三分鐘。

「你回來啦。」

楓現身迎接，咲太輕拍她的頭，直奔浴室。

將騎腳踏車時奮力過頭而汗流浹背的身體沖洗乾淨，換件新內褲以備不時之需。換褲子時，楓投以疑惑的視線。

「男人應該隨時做好萬全準備。」

咲太以這種泛論打馬虎眼。

「那麼，楓，我出門了。」

「啊，好，路上小心。」

在抱著那須野的楓目送之下，咲太於兩點二十分再度離家，這次是徒步前往藤澤車站。

身體莫名輕盈。明明是正常走路，卻輕盈得像是踩著小跳步，甚至覺得長了翅膀。

熟悉的住宅區景色，今天看起來也不一樣。視線自然落在從柏油路面裂縫間探出頭的小草花，電線上的麻雀叫聲清楚傳入耳中。

而且，咲太覺得這一切都惹人憐愛，心情變得柔和。

開心得不得了的咲太在離開家約三四分鐘後，聽到了小女孩的哭聲。

行進方向的前方。一個小女孩在公園入口哇哇大哭。

「怎麼了？」

咲太走近詢問，女孩停止哭泣並看著他。

「嗚哇～～媽媽不見了～～！」

但她回答之後，立刻再度哭泣。

「迷路了？」

「媽媽，不見了～～」

「看來是迷路了。」

「媽媽，迷路了～～」

「也可以這麼解釋啦。」

這女孩的未來頗值得期待。

「好啦，別哭了。」

咲太蹲到小女孩面前，輕輕將手放在她小小的頭上。

「大哥哥幫妳找媽媽。」

「真的？」

「嗯。」

咲太確實點頭之後露出笑容。原本以為這樣也能讓小女孩展露笑容，她卻不知為何一臉詫異地歪過腦袋。

「好，那就走吧。」

咲太重新振作，牽起小女孩的手。

「去死吧，戀童癖變態！」

這一瞬間，身後傳來這聲充滿魄力的吆喝。

究竟是怎麼回事？咲太如此心想準備轉身，卻沒能如願。咲太還沒確認對方長相，屁股就挨了一記犀利的打擊。

猶如堅硬靴子前端踢中尾椎骨的劇痛。不對，實際上應該就是這樣吧……

「唔喔喔喔！」

咲太發出咆哮，在柏油路面翻滾。此時映入視野一角的，是年齡和咲太差不多的女生。應該是高中生，也就是女高中生。

輕盈的短鮑伯頭加上短裙，腿上當然沒穿絲襪。臉蛋只上淡妝卻很有型，是現代風格的女高中生。

「好了，快逃吧！」

女高中生以嚴肅的表情催促小女孩。事出突然，小女孩只是「咦?咦咦？」地不知所措。

「所以說，快點！」

不知道「所以說」是什麼意思，不過女高中生一把抓住小女孩的手，試圖帶她離開。

「趁戀童癖變態起來之前逃走！」

「誰是戀童癖變態啊？」

咲太按著屁股搖搖晃晃地起身。痛得下半身使不上力，變成內八的雙腿微微顫抖，如同剛出生的小鹿。

「大哥哥要幫我找媽媽喔。」

「咦？」

女高中生驚叫出聲。

「不是戀童癖變態？」

「我喜歡年紀比我大的女生。」

「果然是變態！」

女高中生嘴裡這麼說，臉上依然浮現慌張表情。仔細一看，這個女高中生長得很可愛。還殘留些許稚氣的圓潤輪廓、烏溜溜的大眼睛，淡妝的柔和印象給人好感。咲太在校內看過妝化太濃的女生，所以覺得要化妝的話大概以這個女生當基準就好。

「我只是要陪這個女孩找迷路的媽媽。」

「不對不對，迷路的是這孩子吧？」

「媽媽，迷路了～～」

小女生肯定咲太的說法，還離開女高中生的身邊，來到咲太身旁緊抓他的袖口。形勢一口氣逆轉。

女高中生露出苦笑，看來也承認是自己誤會了。

「啊～～屁股好痛。」

「對……對不起了，啊哈哈！」

「可能裂成兩片了。」

「咦？那就糟了！慢著，原本就是兩片吧！」

「啊～～好痛，好痛喔～～」

「知……知道了，知道了啦！」

女高中生像是滿不在乎般大聲這麼說……接著轉過身去，雙手撐著電線桿。

「來吧！」

她伴隨著這聲聽起來很大器的吆喝，朝咲太翹起被迷你裙覆蓋的臀部。

「慢著，『來吧』不太對……」

意思是要咲太踢她嗎？咲太沒興趣在公開場所踢女高中生的臀部。

「少囉唆，快點啦。我跟朋友有約！」

咲太也跟別人有約，而且是重要的約。即使是現在這時候，時限也分秒接近，而且還有迷路孩童的問題要處理，這樣下去肯定會遲到，因此更不能將時間浪費在無謂的事情上。

事到如今，趕快踢似乎比較能早點了事。

「那麼，我踢。」

咲太輕踹女高中生的臀部一腳。這樣她就能接受了吧？咲太心想。

「用力一點！」

然而，女高中生轉過頭來如此要求。

「真的？」

咲太踢得比剛才用力一點，響起「啪」的響亮聲音。

「再用力！」

不過這樣似乎還不夠。

「好，變成怎樣我也不管喔！」

這次就鐵了心吧。

好好回應女人的要求才叫做好男人。

咲太側身擺出架式，軸心腳踩穩蓄力，確認目標是圓潤的臀部。鎖定位置之後，使出彈力如鞭的全力中段踢。

響起「砰」一聲寫實的低沉聲響。

緊接著……

「痛……痛爆我啦～～！」

傳來博多腔的哀號。

「嗚～～」

女高中生發出呻吟蹲下，雙手小心翼翼地按著臀部，似乎痛得說不下去，嘴巴宛如金魚反覆開闔。

「屁……屁股裂成兩片了……」

好不容易擠出來的是這句話。

「放心，本來就是兩片。」

「啊～～你們兩個。」

後方傳來聲音，咲太與女高中生同時轉頭。穿制服的警察大叔站在後方一臉困惑。

「抱歉打擾你們在假日大白天的馬路邊享受變態遊戲。」

「不，只有這個傢伙是大變態喔。」

這是事實，所以咲太指向女高中生。

「不……不對！不是這樣！這是有原因的！」

莫名被誤會，女高中生也拚命解釋。

「總之，到派出所再詳細聽你們的原因吧。」

咲太手被架住，無法自由行動。不愧是警察大叔，雖說是大叔卻抓得牢牢的，看來果然有練過。這座城市的治安令人安心。

「我接下來有很重要的事，放開我啦！」

被帶到派出所可不是開玩笑的。如果是五或十分鐘就還有奇蹟般的可能性，但是麻衣不可能等更久。因為她是「櫻島麻衣」。

「好好好，別掙扎，安分一點。迷路的小妹妹也來吧，媽媽在派出所等妳喔。」

「媽媽？耶～～！」

至少小女孩迷路的問題解決了。被警察大叔拖著走的咲太鬆了口氣。

「最近年輕人流行弄痛別人？」

不過，這份安心也被大叔的這個問題搞砸。

警察大叔放走咲太他們，是抵達派出所一個半小時之後的事。離開派出所時看向時鐘，指針很驚悚地顯示為四點。真希望有人立刻準備時光機。

「唉～～真是的～～糟透了～～」

一臉疲憊走在身旁的女高中生口出不滿。

「這是我要說的，笨蛋。」

「叫我笨蛋是怎樣？追根究柢，都是你做出那種讓人誤解的事。」

「誤解的妳問題更大吧？」

「居然狡辯，好遜。」

「不是狡辯，是事實。古賀，大叔講那麼久都是妳的錯。」

女高中生的肩膀微微一顫。

「……慢著，你怎麼知道我姓什麼？」

「古賀朋繪。名字真可愛啊。」

「還知道全名？」

她大概不記得自己在派出所對警察大叔報過姓名吧。咲太也已經知道她就讀的學校，居然和咲太一樣是峰原高中的學生，小一屆的一年級，姑且算是學妹。

「妳的事，我無所不知。」

「啥？你頭腦有問題啊？」

「妳是福岡人吧？」

「你為啥知道！」

「……」

「啊！」

女高中生古賀朋繪連忙以雙手摀嘴。

「妳剛才也喊過『痛爆我』喔。」

「誰……誰理你啊！」

她撇頭裝傻。雖然不知道原因，但她似乎不想被人知道這個情報。可惜現在掩飾太晚了。

「總之回到正題，是妳的錯。」

「你叫什麼名字？只有你知道我的名字不公平。」

「佐藤一郎。」

沒道理正經地告訴她，所以咲太說了個淺顯易懂的謊。任何人應該都會察覺這是假名吧。

「那麼佐藤，你說說看我哪裡錯了？」

但朋繪很乾脆地接受了，看來是不知道懷疑為何物的純真好女孩。現在才坦承說謊也很麻煩，所以咲太決定瞞著她。

「不知道的話就告訴妳吧。因為明明前三十分鐘就已經讓警察大叔知道這是誤會一場，妳卻老是注意手機，而且一直滑，沒有好好聽大叔說話。」

事實上，後面一小時都是「別人講話的時候不要老是在意手機」這樣令人感恩的說教。對沒手機的咲太來說，這段說教真的一點都不重要……

「是沒錯啦……但也不用講得那麼頭頭是道吧？」

朋繪噘嘴露出鬧彆扭的態度。

「稍微反省了嗎？」

「可是有簡訊啊，我也沒辦法。」

「哪裡沒辦法了？」

「要是不趕快回，就會沒朋友。」

朋繪變得消沉，稍微低下頭。

「啊，所以才拚命回簡訊啊？」

「不然的話，我不會連被罵的時候都那樣啦。」

朋繪鼓起臉頰，揚起視線瞪過來。

「是喔～～」

「那是什麼反應？感覺好差。」

「沒事～～」

「反正你一定覺得要是這樣就不當朋友，那就不是真正的朋友對吧？」

朋繪不知為何改變音調這麼說，大概是之前有人對她這麼說過。

「是妳自己這麼認為吧？」

「吵……吵死了！」

咲太將手放在朋繪頭上，摸亂她的頭髮。

「哇，笨蛋！頭髮很難整理啦！」

朋繪甩掉咲太的手，慌張地以雙手整理凌亂的頭髮。

「總之，加油吧，女高中生。」

「什麼？瞧不起我？」

「妳拚命活在這種荒唐的規則裡對吧？那我就不會瞧不起妳，但我覺得妳是笨蛋。」

無論是電子郵件還是簡訊，不曉得是誰主動創造的規則，也不清楚是為誰設立的規則。明明剛開始只是為了讓自己「感覺不錯」而準備的共識，回過神來，卻發現這種規則有時也成了折磨自己的枷鎖。

不過，既然決定要照著這個規則走，那就無可奈何。不能遵守規則就會被趕出小圈圈，輕易被排擠，而且一旦脫離圈子就再也回不去了。咲太也很清楚這種事。楓曾經因而吃盡苦頭，所以他很了解。

只會持續消耗。即使如此，也必須以這種規定束縛自己、連結眾人、打造歸宿，否則無法安心。每封電子郵件或每封簡訊都是用來相互確認「沒事吧？」、「沒事」。自己肯定自己很難，所以要由他人來肯定，並且共享、附和，藉此打造可以安心的歸宿。

包括國中、高中……學校正是社會的縮影，是世界本身，所以在所難免。大家都很拚命，所以在所難免。

咲太升上高中開始打工，和大學生或出社會的同事接觸之後，覺得自己稍微理解了世界的這種機制。從另一個場所眺望學校這個空間之後，他似乎懂了。原來人們尋求的是歸宿……

「結果你還是看不起我嘛！」

「哎，妳似乎是個好傢伙，所以無妨吧？」

「這是怎樣？」

「想拯救小女孩脫離變態魔掌的這份骨氣值得尊敬，不過這樣很危險，之後最好找人幫忙喔。如果對方真的是變態，那妳也會被襲擊，畢竟妳很可愛。」

「別……別說我可愛啦！」
朋繪害羞得滿臉通紅，或許意外不習慣聽別人這樣稱讚。
「總之，別忘記這股正義感，今後也繼續努力吧。」
「啊，嗯，謝謝。」
朋繪意外率直地道謝。看來她骨子裡真的是個好傢伙，純真得耀眼。
手機響起來電鈴聲。咲太沒手機，所以當然是朋繪的。
「啊，慘了！我還有約，再見！」
朋繪快步跑走。穿著短裙跑步導致春光不時外洩，但要是大聲提醒似乎反而會引人注目，所以咲太決定默默守護她。
「白色嗎……」
朋繪的身影完全消失之後，咲太踏出腳步打算回家。
大約走三步就停下腳步。
好像忘記某件重要的事。
「……啊。」
麻衣的臉掠過腦海。當然不是溫柔的微笑，也不是可愛地鬧彆扭。咲太回想起她唯一一次當真生氣的表情。

「慘了！」

咲太跌跌撞撞地朝著會合地點狂奔。

2

咲太跑到每天上學利用的江之電藤澤站，來到驗票閘口前面。

麻衣指定的會合地點。

氣喘吁吁的咲太調整呼吸，向右看、向左看。驗票閘口只有六七公尺寬，想確認並不費力。

「……」

很遺憾，沒有麻衣的身影。

「哎，我想也是。」

那個櫻島麻衣不可能等一個半小時。

「唔哇～～搞砸了……」

後悔湧上心頭。不過在那裡看到小女孩迷路，咲太沒辦法袖手旁觀，更沒想到正義的女高中生隨後就纏上他，只有這部分無可奈何。

咲太今天終究恨自己沒手機，有手機就可以打個電話通知。不過就算解釋，她也會一臉正經地說「是喔，原來這件事比我們的約會更重要啊」，導致今天的約會告吹吧……

這麼一來，問題就在於要怎麼求得原諒。麻衣恐怕對咲太沒來這件事氣得半死，不是回家就是一個人跑去其他地方吧，感覺她的怒火沒那麼輕易平息。

咲太垂頭喪氣時，一個腳步聲從後方接近。大概知道是誰的腳步聲，不過從節奏感覺得出強烈的煩躁。

「居然讓我等一小時又三十八分鐘，真大牌啊。」

「……」

咲太抱持無法置信的心情轉過頭。身穿便服的麻衣就站在身後。

「怎麼啦？一臉目瞪口呆的樣子。」

「因為……麻衣小姐不會這麼堅強地等待一個遲到一小時又三十八分鐘的男生，她沒這麼可愛！妳想必是冒牌貨吧！」

麻衣輕輕瞇細雙眼。說來神奇，感覺周圍溫度也大約降了兩度。

「我知道咲太是用哪種眼光看我了。」

主要是色色的眼光。被她發現了嗎？

「少了『小弟』喔。」

「你這種人，直接叫咲太就夠了。」

麻衣大概是把這種稱呼當成懲罰，不過老實說，聽起來只像獎勵。要是講出來，她可能會改回「咲太小弟」，所以咲太決定不說。

「為什麼笑咪咪的？」

「沒事。」

咲太忍著別露出笑容，重新看向麻衣。首度看見的便服打扮。長袖女用襯衫加一件可愛的連帽毛線背心，裙子及膝，裙襬稍微外擴的成熟剪裁，再加上同樣及膝的靴子。優雅端莊卻不會過於正式，平衡度拿捏得恰到好處，非常適合外型成熟的麻衣。

「……」

不過，沒有任何清涼的部位，只隱約看得見膝蓋。

「唉……」

咲太不禁嘆氣。

「這個失禮的反應是怎樣？」

「麻衣小姐，妳沒問題吧？」

「什……什麼意思啊？」

麻衣縮起身體提防。

「說到約會就是迷你裙！赤裸裸的腿！」

「揍你喔。」

麻衣握緊拳頭。

「唉……」

「需要這麼沮喪？」

「我明明很期待耶……」

「遲到還這麼厚臉皮。」

「畢竟麻衣小姐穿制服的時候，總是會穿黑絲襪。」

「怎……怎樣啦，我這身打扮也是想了很久……」

麻衣移開視線，不曉得在咕噥什麼。

「不過，有夠可愛。」

「……」

麻衣斜眼看過來要求多稱讚幾句。

「麻衣小姐，妳今天超可愛。」

「這麼老實，非常好。」

「我臉紅心跳，想把妳帶回家，放在房間當擺飾。」

「繼續講下去很噁心，不用再講了。」

「那就走吧～～」

咲太順勢打算出發。

「等一下，話還沒說完。」

「剛才有說什麼嗎？」

咲太希望盡量帶過這個話題，所以試著裝傻。

「不要演這種彆腳戲。」

「小的豈敢在麻衣小姐面前演戲。」

「解釋遲到的原因，誠心誠意求我原諒吧。」

麻衣不知為何似乎很愉快，神采奕奕。

「要是我沒辦法接受就立刻走人。」

麻衣該不會是為了惡整咲太，才等了一小時三十八分鐘吧？咲太有這種感覺。

「來這裡的途中，我在住宅區一角遇到迷路的孩子。」

「我回去了。」

「聽起來很假，不過是真的啦！」

「明明是從打工的店過來，為什麼會經過住宅區？」

麻衣一針見血。

「因為我先回家一趟。」

「為什麼？」

「畢竟還有時間，所以我洗了個澡、換了件內褲，以備不時之需。」

「……好噁。」

麻衣由衷不敢領教。

「唉，我就當成是比我小的可憐男生白費力氣，勉為其難接受吧。」

「謝謝麻衣小姐。」

「不過，今天不准靠近我周圍三十公尺以內。」

這已經不叫約會了。從旁人看來，咲太就是個跟蹤狂。

「好啦，繼續瞎掰吧。」

「我真的和迷路的小孩去了一趟派出所啦。」

「小孩是女生？」

「是的。」

「居然扔下我去見別的女人，好大的膽子。」

「四歲兒童也不行？」

「不行。」

麻衣脫口禁止。

這麼一來，老實全招出來會很危險。叫做古賀朋繪的可愛女高中生……不對，其實是相當可愛的女高中生。要是咲太坦承和她在一起，不曉得會被麻衣罵成怎樣。

「不過，派出所就在那邊吧？」

麻衣指著距離車站不遠處。

「既然出面幫忙，我覺得應該陪她直到找到爸媽。畢竟小女孩在哭。」

「是喔……」

質疑的視線刺向咲太。

「我討厭說謊。」

「真巧，我也是。」

「如果你說謊，我要你用鼻子吃Pocky。」

「一根？」

「一盒。」

這種極刑剛好位於可能執行的上限，所以咲太想像得到各種狀況，相當討厭。

「我覺得糟蹋食物不是好事。」

「一樣是吃掉，所以沒問題喔。」

「……」

「……」

麻衣將臉湊過來，目不轉睛地注視咲太，施加「給我招供」的壓力。氣息拂過臉頰好癢，聞得到一股香味。

「真倔強。」

「……」

事到如今，咲太絕對不能坦白。因為他不想用鼻子吃Pocky。

「哎，算了。雖然不原諒你，但還是跟你約會吧。」

咲太不曉得是否該高興。

「謝謝麻衣小姐。」

咲太暗自鬆了口氣。

「啊，是剛才的戀童癖。」

就在這一瞬間，傳來一個似曾相識的聲音……

咲太看向通往ＪＲ與小田急車站的連通道，發現直到剛才都在一起的古賀朋繪。她身旁的三個女生，應該就是「有約」的朋友吧。花枝招展，看起來感情很好的女生四人組，感覺是班上的核心小團體。

「敢說我，妳這個博多女。」

咲太回應之後，朋繪慌張地走向他，伸出雙手要摀住他的嘴。

「別……別講這個啦！」

她輕聲威脅。

「博多女？」

她的一個朋友歪過腦袋。

「啊，妳不知道嗎？是福岡的土產，包了紅豆羊羹的年輪蛋糕。雖然寫成『博多女』，實際上要念成『博多人』。」

「啊，我吃過～～那個很好吃對吧？」

「話說啊，朋繪！」

另一個朋友用力拉朋繪的手，讓她和咲太拉開距離。

「怎……怎麼了？」

「是『送醫』的學長。」

即使打耳語，咲太也清楚聽在耳裡。朋繪聽完之後輕聲說：「咦？不是佐藤一郎嗎？」

「啊？朋繪，妳在說什麼啊……而且啊，妳看那個人。」

這次是四人一齊看向麻衣。她們似乎看得見。

「好了，我們走吧。」

朋繪被朋友拉著，快步通過驗票閘口。

咲太目送她們離開之後，察覺自己犯下大錯。剛才不禁開口回應朋繪，但這個時候應該當作不認識才對，這樣絕對比較好。

咲太偷看麻衣。她面無表情到完美的程度。

「我說咲太。」

「這是誤會。」

「她叫朋繪啊。」

「好像是喔～～」

「不用擔心，我不會走人。」

麻衣挽住咲太的手臂。

「得先去買Pocky才行。」

「可以買細的那種嗎？」

「不行～～」

現在咲太終究沒有餘力享受這種惡作劇的語氣，也沒餘力品味交纏手臂的觸感。

「拜託通融一下啦！」

「不行喔，戀童癖。」

就這樣……咲太和麻衣的首度約會，從前往站前的便利商店開始。

3

旁邊傳來Pocky折斷的清脆聲響。

在江之電的電車內，咲太和麻衣並肩坐在面海的座位。

又傳來清脆的聲響。剛才在便利商店買的Pocky，麻衣一根根送入口中，微微張開的可愛嘴脣誘惑著咲太。麻衣當然沒那個意思吧，但她咬斷Pocky之前會稍微輕咬尖端，這個舉止令咲太不禁看得入迷。

不過，咲太無法純粹享受這幅光景。不曉得麻衣什麼時候會拿Pocky插他鼻孔，所以他在意得不得了。

而且，這一刻來得比想像中快。

麻衣遞出Pocky。

「給你。」

她這麼說了。

「我肚子很飽。」

「我不能發胖，所以剩下的給我吃光。」

「用哪裡吃？」

「正常吃就好。」

麻衣嘆著氣說完，斜眼看了過來。

「我開動了。」

咲太接過整盒Pocky。

「你該不會以為我真的要你用鼻子吃吧？」

「因為妳的眼神完全是認真的。」

「那是演技。」

「了不起。」

「不過，我想過至少試一根看看。」

「唔哇～～這裡有惡魔～～」

「看來你完全沒在反省，要試試看嗎？」

「不好意思，我說謊了。溫柔美麗的麻衣大人，請原諒我。」

「感覺不到誠意耶。」

麻衣像是覺得無聊，視線投向窗外。話雖如此，從藤澤站出發至今才過了三站，不可能看見海。電車即將來到穿梭在民宅之間的區域。

大概是即將進入黃昏時段，車內不算擁擠，也還有零星的空位。咲太不經意確認附近乘客的反應，但是沒人發現麻衣……恐怕是看不見。

「咲太。」

「要我磕頭道歉？」

「不是。你為什麼要管我的事？罰你一五一十招出來。」

「怎麼突然這樣問？」

「一般來說，沒人會跟我這種麻煩的女生扯上關係。」

「原來妳有自覺啊。」

「看過周圍的反應，任何人都會察覺的。」

從班級或學校的角度來看，麻衣都格格不入，如同空氣，沒人想和她來往。

「麻衣小姐就是像這樣乖僻，才會交不到朋友喔。」

「乖僻是彼此彼此。」

咲太假裝沒聽到麻衣的挖苦。不用麻衣說，他自己就有這個自覺。每次發生什麼事，佑真和理央也會當面對他這麼說。

「而且你不只乖僻，神經也莫名大條。」

「是嗎？」

「不知天高地厚地找我搭話的人，至今只有你喔。」

「我覺得麻衣小姐的魄力確實嚇人，也覺得妳交不到朋友。」

光是漂亮就令人不太敢搭話，而且另一個頭銜是廣為人知的藝人。

「吵死了。」

「麻衣小姐，上學快樂嗎？」

「如果是問我『明明沒朋友，上學是否快樂』，我從小學就一直是這樣，所以事到如今也沒什麼感覺了。但我不覺得上學快樂。」

聽起來不是逞強也不是掩飾，無疑是麻衣的真心話。沒能融入學校的環境，對她來說一點感覺都沒有，也不會因為周圍和自己不同而感到突兀。咲太覺得她早就超越「放棄」的境界，變得「無感」了。

「話說，別轉移話題啦。」

犀利的視線從咲太旁邊射來。

「是我先問問題的，而且你還沒回答。」

「妳問了什麼？」

「為什麼不惜提供不利於自己的情報給女播報員，也要管我的閒事？做到這種程度，應該需要相對的理由吧？」

麻衣比剛才更加嚴厲地切入正題。

「我生性不忍心扔下有難的人。」

「我是很認真在問你問題。」

「好過分！」

「你是好好先生，卻不是少根筋的好好先生。」

「是嗎？」

「並不是對任何人都溫柔。上次在七里濱車站想拍我照片的大學生情侶，你就對他們說得很不客氣。」

「我覺得就算不是我，任何人在那時候都會那麼說。」

「我的意思是你當時的語氣沒有溫柔可言。委婉警告他們不就好了？」

「即使很生氣？」

「你想做應該做得到吧？要是沒這麼冷靜，反倒沒辦法像那樣說到讓對方無地自容。」

「愈是聽妳說，我愈覺得自己的個性很差……」

「你以為你個性很好？」

麻衣故意露出驚訝的表情。

「這裡有一個個性更差的人。」

「這種事不重要，快點回答理由。」

麻衣不准咲太轉移話題。總是如此。

「那麼，我就正經地說了，請正經地聽。」

「請說。」

「我覺得這是接近漂亮學姊的好機會，才會卯足了勁。」

「誰要你大剌剌地說出真心話啊？」

「是妳要我正經說的吧？」

「給我講客套話。」

按照常理，應該會比較想聽真心話吧？咲太摸不透麻衣的價值觀。

「明明有難卻沒辦法依賴任何人，是一件很難受的事。」

咲太有些自暴自棄地這麼回答。

「……」

這次麻衣沒說什麼，大概是這個答案及格吧。

「楓罹患思春期症候群的時候，沒人願意相信發生在眼前的事……」

咲太拿起一根Pocky送進嘴裡。要是一邊吃一邊講，可能會惹重視禮儀的麻衣生氣，所以咲太吞下去之後才繼續說：

「也沒人願意認真聽她說話，大家都逐漸遠離。明明說實話，卻完全被當成騙子。」

咲太覺得這也在所難免。是的，在所難免。即使是咲太，如果當事人不是妹妹楓，肯定也不會相信，肯定會移開視線、摀住雙耳……當做沒看到、沒聽到。

這樣可以活得比較輕鬆。任何人都明白這個道理。

「方便問一個問題嗎？」

麻衣略微躊躇之後這麼說。

咲太點頭催促麻衣說下去。他大致想像得到麻衣要問什麼。

「你父母呢？」

麻衣慎重地開口詢問。她自己和母親處得不好，所以覺得涉入這件事會造成無謂的麻煩。麻衣會像這樣設身處地理解對方，咲太覺得很棒。雖然麻衣的個性大致是女王大人，卻也會理解人民的感受。

「現在跟我們分開住。」

「這我知道。上次到你家的時候，我就覺得是這樣。」

確實，看過住處應該就不用說明了。所有東西都沒有大人的氣息，玄關只有咲太的鞋，咲太的臥室與走廊上的氣氛沒兩樣。一般來說，即使是家人，不同區域的空氣依然會不一樣。

「我想問的是……」

「我知道。」

咲太當然從一開始就知道麻衣這麼問的意圖。她想知道父母對楓這個事件的反應。

咲太一次拿三根Pocky送進嘴裡。這樣就吃光了。他將紙盒捏扁塞進口袋。

「我媽她啊，總之想接受卻沒辦法完全接受，心理出了一點問題……現在還在住院。光是女兒遭受霸凌就夠折磨了，還碰上莫名其妙的思春期症候群，所以算是在所難免吧。我爸陪在她身邊照料她。」

咲太還不清楚要怎麼接受這件事。因為自己還沒做出決定，周圍就先發生變化，回過神來就變成現在這樣了。

只留下結果。

沒做任何事，也做不了任何事。

「楓被媽媽拒絕之後大受打擊，而且覺得原因出在自己身上，所以更加煩惱……變成一個只黏哥哥，不太敢和他人親近的孩子。」

「她幾歲？」

「小我兩歲，國中三年級。從那之後就極度喜歡窩在家裡，沒去上學。」

正確來說是走不出家門……穿上鞋子站在玄關，腳就連一步都走不出去，像小孩一般抗拒地哭出來。

心理醫師每個月會來看診一次，但是還沒有改善的徵兆。

「你不恨母親嗎？」

「當然恨過啊。」

咲太輕易說出真心話。

「我覺得身為家長當然該幫忙，當然該相信我與楓。」

不過，有些事情是分開住之後才明白的。例如母親每天在家裡為家人做飯、洗衣、打掃浴室與廁所，一手包辦各種麻煩事。咲太和父母一起住的時候，覺得這是理所當然的事。

當非得全部自己來之後，他察覺到某些事，而且有所改變。舉個瑣碎的例子，就是他開始坐著上廁所了。

咲太認為母親應該也在各方面忍氣吞聲，希望家人可以察覺一些事，卻沒有在咲太面前提過，也沒寫在臉上，更沒有要求兒女說聲「謝謝」。

想到自己未曾感謝這樣的生活，恨母親似乎也沒道理。咲太經過這一年便這麼認為了。

對於每個月彼此報告近況一次的父親也一樣。照顧母親的父親另外準備了咲太與楓每個月的生活費，咲太拚命打工賺的錢甚至付不起現在住處的房租。咲太得知這個事實之後，果然得承認自己沒辦法獨力活下去……

「經過楓那件事，我理解到自己還是孩子，就算是大人也不是凡事都能解決……我理解到這種理所當然的事。」

「是喔，真厲害呢。」

「唔哇～～完全瞧不起我呢。」

「沒有啦。很多同學都沒察覺這件事吧？」

「只是沒有察覺的契機，如果面對同樣的問題，任何人都會察覺的。」

「所以，這個話題要講到哪裡？」

麻衣在意著窗外的風景。差不多快看見海了。

咲太清楚記得她的問題。

——咲太為什麼要管我的事？

這是話題的開端。

「發生在楓身上的思春期症候群，曾經有唯一一個人願意認真聽我說……」

要是沒認識這個人，咲太恐怕撐不過楓的那個事件。

他在那時候體認到一件事。

在這個世界，某個東西比孤獨更恐怖。

孤立才是最恐怖的東西。

大家肯定都潛意識察覺到這一點。因為過於畏懼，才會出現「收到信要立刻回信」、「不允許已讀不回」的規則，卻不知道這種規則到最後會將自己的脖子掐得更緊……不知道這正是造成孤立的原因……

「某人願意相信我。」

咲太回想起那個人的身影就有點心酸，復誦那個人的名字就會用力咬住下唇。

「那個人是女生吧？」

「咦？」

這句話一針見血，咲太嚇了一跳。麻衣平淡冰冷的聲音具備魄力。

「你現在就是這種表情。」

麻衣一臉不是滋味的樣子。

電車停在咲太平常下車的七里濱站前一站——鎌倉高中前站。

車門一打開，麻衣就突然起身。

「下車。」

這場約會預定要在終點站下車才對，還得搭電車約十五分鐘。

「咦？鎌倉呢？」

咲太出聲確認時，麻衣已經下車了。

「啊，等等我！」

咲太連忙跟上。

車門數秒後關上，電車慢慢起步。麻衣目送電車直到看不見之後，將視線移向大海。

這個車站蓋在面海的位置，而且位於上坡處，當然沒有任何東西遮蔽視野。光是站在月臺等車，就可以獨占眼前的大海。

彷彿會出現在電影或連續劇裡的地點。實際上，這裡似乎也經常用來攝影，咲太好幾次目睹打著電視攝影機的大人集團。

「因為你遲到了一小時三十八分，所以現在已經傍晚了。」

朝江之島方向落下的太陽開始染紅天空。

「走走吧。」

麻衣指向大海，不等咲太回應就出站。

這任性的態度使咲太露出苦笑，但他依然抱持愉快的心情和麻衣並肩前進。

出站的咲太與麻衣行經綠燈遲遲沒亮起的１３４號國道行人穿越道，順著約二十階的階梯往下，來到七里濱的沙灘。

背對江之島，朝鎌倉方向行走。

陷入沙灘的腳有點沉重。

「知道嗎？七里濱的長度不到七里。」

「一里約四公里，這片沙灘的長度甚至不滿三公里對吧？」

換句話說，這可不只是打馬虎眼的程度。

「無聊。」

看來對麻衣來說，這似乎是她珍藏的情報。

「千葉的九十九里濱好像也沒有九十九里喔。」

「你居然知道這種無聊的事啊。」

麻衣像是真的覺得無聊般丟下這句話。

「明明是自己提的話題，卻是這種反應？」

「所以，是怎樣的人？」

「嗯？」

咲太刻意裝傻。

「相信你胡扯的天真女生。」
「妳會在意？」
「叫什麼名字？」
「原來妳在意啊。」
「總之給我說啦。」
要是繼續捉弄她，似乎會真的惹她生氣。
「她叫牧之原翔子，身高約一六〇公分，整體比麻衣小姐小一號。體重不曉得。」
咲太一邊聆聽浪濤聲一邊說明。
「要是你知道體重，我就準備質詢原因了。」
「該怎麼說，她會認真聽別人說話……但是不會改變自己的步調，也不會亂同情。」
「是喔……」
問的人明明是麻衣，她的態度卻很冷淡。
「說到她的特徵，就是穿著峰原高中的制服。」
「……」
此時，麻衣終於將視線投向他。
「難道說，你是跟隨那個人報考峰原高中？」

「發生楓那件事之後，留在家鄉很難受，所以我下定決心離開。原本想去更遠的地方，不過在這個時代，情報一下子就在網路上傳開，我覺得距離沒什麼太大的關係……所以，哎，我選擇來到這裡的原因，就是妳說的那樣。」

咲太率直地招供。既然坦白到這種程度，如今隱瞞也沒用。

「不過，你被甩了啊。」

麻衣似乎很開心。所謂的幸災樂禍。

「以結果來說一樣，但我沒表白。」

「你不是都特地到同一所高中了嗎？」

那你為什麼要來峰原高中？麻衣的視線責備著咲太。

「我沒見到她。」

咲太撿起沙灘上的石頭，扔向海面。對了，之前好像也是在這附近扔掉手機。

「她畢業了？」

「遇見她的時候，我是國三、她是高二，所以不可能這樣。」

「那麼是轉學？」

「如果是這樣還算好吧。」

「聽你這麼說，她不是轉學？」

「我找遍三年級教室，還向當時的三年級學生打聽。」

「結果呢？」

咲太緩緩搖頭。

「沒人知道牧之原翔子這個學生。」

「……」

麻衣似乎不知道該如何解釋這句話。

「我查遍在校生的名冊，還懷疑她留級……查了最近三年的畢業紀念冊。」

不過，還是沒找到。

沒有任何關於牧之原翔子這個學生就讀峰原高中的紀錄。

「妳可能覺得莫名其妙，但我確實遇見牧之原翔子這個人，她確實救了我。」

「這樣啊。」

「或許是沒辦法向她本人報恩，才會硬是要管妳的事。」

某些不安無法憑一己之力抹滅。光是有人陪在身邊，就有得救的感覺。咲太兩年前經歷過這種狀況。

「此外，我想知道。」

「想知道？」

「思春期症候群發生的原因。要是能知道……」

咲太的手自然而然放在自己的胸口。

「還是在意胸口的傷？」

「挺在意的。」

夏天的腳步愈來愈近，游泳課頗令咲太憂鬱。要是有方法能消除傷痕，他希望務必消除。

「要是能好好解決，或許也可以幫助楓。」

「也對。」

要是楓今後也一直走不出家門，咲太會覺得很可惜。每天只將時間浪費在看書以及和家貓那須野玩，絕對很可惜。

咲太希望有一天可以帶楓來到這片沙灘。為此他想查明思春期症候群，找出符合楓這個病例的解決方法。這正是咲太剛開始對麻衣感興趣的原因……

不需要刻意講明，麻衣側臉的笑容就表達出她早就看透這種事。

咲太又撿起一顆石頭扔向大海。石頭描繪弧線，撲通一聲落入海中。

「咲太。」

「……」

咲太默默等待麻衣的下一句話。

「你現在還喜歡她？」

「……」

咲太無法立刻回答是或不是，也沒有笑著隨便帶過。

「喜歡牧之原翔子嗎？」

他在心中復誦一次麻衣的問題。

──現在還喜歡她？

這或許是他迴避至今的問題。

──喜歡牧之原翔子嗎？

以前咲太一想到她，內心就會刺痛。想太久就會胸悶難受，夜晚也無法入眠。

不過，經過一年的現在不一樣。不一樣了。

咲太覺得其實自己早就已經做出結論，只是下意識避免將想法說出口。他覺得現在應該說得出口。

「我曾經……很喜歡她。」

咲太朝著海面吐露心意。光是這樣，內心的芥蒂似乎就消失了。

即使沒有契機，時間也會將心意逐漸改變成回憶，失戀的傷也像結痂般止血，在不知不覺間剝落。人就是這樣繼續前進的。

「既然要講，就喊得大聲一點吧。」

「妳想用這個把柄笑我一輩子吧？」

「我幫你錄影。」

麻衣拿起手機。

「好啦，快說吧。」

總覺得她的聲音變尖了。是多心嗎？

「妳現在是不是火冒三丈？」

「啊？我？為什麼？」

她明顯不太高興，心情煩躁，帶刺的視線與情感頻頻插在咲太身上。

「發問的是我吧……」

「約會的時候，聽到男生坦承喜歡別的女生，誰會高興啊？」

「是『曾經喜歡』，這很重要！」

「是喔……」

麻衣看起來一點都不接受。看來得花一段時間討好她了。正當咲太思考這種事情時……

「大～～海～～」

傳來這陣悠哉的聲音。

仔細一看，通往沙灘的階梯上有一對男女。
男生頂著一頭亂翹的捲髮，脖子上掛著一副大耳機。
女生戴眼鏡，個頭嬌小，板著臉看著開心地跑向沙灘的男友背影。鞋跟陷進沙子，似乎不太好走。
感覺兩人年紀都比咲太他們大一點，大概是大學生。
男友回到和沙子苦戰的女友身邊，緊接著……
「別……別做這種蠢事啦！」
他輕鬆抱起抵抗的女友，就這麼以新娘抱的狀態帶女友到海邊。
「真是的，不敢相信。」
離開男友懷抱的女友臉頰羞紅，微微低著頭，隱約在意最靠近她的咲太視線。
「發什麼神經啦……」
男友無視於不高興的女友，開心不已地面對打過來的浪頭大喊：「唔喔，海浪！」完全沒在聽女友說話。這對情侶真是奇特的組合。
「這麼冷，我先走了。」
女友說著轉過身，男友立刻從後方緊抱她。
咲太不禁發出「喔」的聲音。

不過，幸好沒被甜蜜大學生情侶聽見的樣子。

「妳好溫暖耶。」

「……」

低著頭的女友似乎在輕聲抱怨，卻意外乖巧地任憑擺布。把嘴埋進男友臂彎的動作好可愛。

咲太不經意看向麻衣。

「不冷。」

麻衣先發制人。作戰失敗。

「哎呀～～好冷喔～～」

咲太朝海面低語，麻衣隨即回以無奈的視線。

大學生情侶牽著手，逐漸離開海邊。

彷彿在看電影或連續劇裡的一幕。

「好羨慕那樣喔～～」

「是啊。」

「嗯？」

「沒……沒事。」

大概是不小心說出了真心話，麻衣連忙撇開頭。

「手讓妳牽吧？」
「為什麼是施捨的語氣？」
麻衣嘴裡這麼說，還是乖乖將手貼在咲太伸出的手上。不過看來不是要牽手。
麻衣的手離開之後，她的手機留在咲太手上。包著紅色兔耳保護殼的智慧型手機。
「要送我？」
「不給你。」
「那……」
咲太想繼續詢問時，手機畫面進入他的視野。
上面顯示一封郵件。
咲太以目光詢問是否可以看，麻衣帶著有點緊張的表情點頭。
——五月二十五日（日）下午五點到七里濱沙灘
就是今天。再過五分鐘就是下午五點。
咲太不曉得麻衣為什麼要給他看這封郵件。
他看到收件人才明白。
該欄位寫著「經紀人」。
換句話說，這是麻衣寫給母親的信。而且手機畫面顯示這封郵件已經寄出，寄出日期是說好要約會的那一天，麻衣告訴咲太要回到演藝圈的那一天。似乎是和咲太道別之後寄的。

約定的下午五點快到了。

「要見她嗎？」

咲太歸還手機時刻意確認。

「我不想見她。」

「那就別見啊。」

咲太知道麻衣國中三年級時出版的寫真集內容，使得她和母親大吵一架並斷絕往來。她已經決定跳槽到其他經紀公司，事到如今應該沒必要和母親當面談。

「啊，難道是還有演藝經紀公司的合約問題？」

「停止活動的時候，我和那個人的經紀公司合約也同時終止，所以沒問題。」

這樣的話，咲太只想得到是心態問題。算是一種了斷吧……

注視著海岸線的麻衣有些悶悶不樂。雖然決定要見面，卻看得出她不想見面的心情。

「我的原則是『不做不想做的事』。」

咲太逕自這麼說。

「這句話，應該還有後續吧？」

「哎，下一句是『非做不可的事只能硬著頭皮做』。」

咲太朝大海盡情地伸了一個懶腰。
有些事可以迴避。
也有些事不可以迴避。
世間的事情分成這兩種。
不需要連可以迴避的事都去做。不過，如果不去正視不可以迴避的事，就無法前進。
而且在這個狀況下，麻衣認為這次和母親的對談屬於後者。
「沒問題嗎？」
咲太刻意直接詢問。
「這是我自己決定的事……何況，那個人好像已經來了。」
麻衣察覺到小小的人影從江之島方向接近。
「因為那個人很守時。」
距離還很遠，咲太無從識別對方，但麻衣依然確信如此，大概因為她們是母女吧。
「你去另一邊。」
麻衣像要趕走野狗，發出噓聲揮手。
「難得有這個機會，我要不要拜會一下呢……」
「……」

麻衣嚴肅地一瞪，咲太舉起雙手表示投降。

「結束之後會陪你繼續約會，在旁邊等一下吧。」

「是～～」

咲太遠離海岸線，坐在被沖到沙灘上的流木上。

遠方所見的人影愈來愈大，咲太也能清楚看見那個人了。

和麻衣很像，看似剛強的美女。正確來說，應該是麻衣很像母親……

修長高䠷，給人還年輕的印象，至少不像是有個高三女兒的媽媽。看見她的咲太想起班上同學說過「麻衣是她媽媽在二十歲時生的」這個傳聞。

如果傳聞是真的，那她還不到四十歲。雖然就咲太看來依然是阿姨，卻完全沒有「母親」的感覺。亮色套裝令這種印象更加強烈。

麻衣母親一步步走向駐足的麻衣。距離剩下十步左右。

看得出麻衣開口了。大概是說「好久不見」吧。聲音被浪濤聲與風聲蓋過，傳不到這裡。

麻衣母親只有稍微放慢速度，沒有停下腳步，似乎也沒回應麻衣。

麻衣又在說話，探出上半身拚命訴說。

「……」

就在這個時候，咲太覺得不對勁。

麻衣的母親視線游移不定。在咲太眼中，她環視兩側的動作像在尋找約見的對象。

而且即使麻衣就在面前，她也沒有要停下來的徵兆。

「……不會吧？」

有種討厭的預感。

咲太在內心大喊「拜託別這樣」。

這一瞬間，麻衣母親從麻衣身旁經過。

宛如沒看見麻衣的身影……

宛如沒聽見女兒呼喊母親的聲音……

過於乾脆地經過。

咲太立刻掌握到矛盾的兩人之間發生了什麼事，揪心般的痛楚竄過身體。

感受到錯愕與恐懼的情緒注入體內。

麻衣立刻繞到母親正前方，比手畫腳地訴說：「看不見我嗎？」

連咲太這裡都聽得見她的聲音。

然而，麻衣的母親再度直接經過她身旁。被留下來的麻衣雙手無力地垂下。

這一瞬間，咲太踏出腳步。他筆直走向麻衣，接近麻衣的母親。

距離約十公尺時，麻衣的母親察覺到咲太正走過來。

距離約五公尺時，她似乎確信某件事，投以不悅的情緒。

「是你嗎？」

那副模樣酷似麻衣，讓咲太嚇了一跳。

「為什麼叫我到這種地方？你是誰？看起來是高中生，但我們素昧平生吧？」

她滔滔不絕地這麼說。

「我是梓川咲太，那裡的高中生。」

咲太以視線示意國道１３４號旁的峰原高中校舍。

「這樣啊。所以這位梓川咲太同學有什麼事？我很忙的。」

「不，有事的不是我。」

咲太感覺到站在麻衣母親身後的麻衣視線。

麻衣露出有些煩惱的模樣，最後緩緩點頭。她大概已經預料到這種狀況，而且為了因應這個最壞的狀況，將咲太帶來這裡，還是以約會當誘餌……

「那麼，是哪一位有事找我？」

咲太覺得這個問題有點怪。

「是麻衣小姐喔，妳知道吧？」

麻衣的母親就是因為收到郵件才會來到這裡。即使看不見麻衣，這個事實也肯定沒變。

「……」

麻衣的母親目不轉睛地打量咲太。

「方便再說一次嗎？是誰找我過來的？」

「麻衣小姐。」

「這樣啊。」

「是的。」

麻衣的母親按著隨風飄揚的頭髮。

「這個人是誰？」

她這麼說了。

「！」

麻衣驚愕地瞪大雙眼，看得到眼睛深處極度慌亂的情緒。這也是當然的。親生母親居然詢問「這個人是誰」。

「是妳的女兒吧！」

咲太只任憑情緒驅使做出反應。雖然是斷絕來往的狀態，但麻衣母親的反應太過分了。

「我沒有叫麻衣的女兒，別開玩笑了。」

「是誰在開玩笑啊！」

和咲太熔岩般的激動情緒相反，麻衣母親的態度愈來愈冰冷。

「我說啊，這是怎樣？你想進我的經紀公司？是這樣嗎？」

「怎麼可能。妳說這什麼……」

再度和麻衣母親四目相對的瞬間，咲太語塞了。因為他察覺這雙眼睛是同情地看著他……剛才那句「這個人是誰」，真的是在問「櫻島麻衣」是誰……正是因為不知道這個人是誰才這麼問的。咲太理解了這一點……

麻衣的母親眼中沒有一絲虛假。

「對了，郵件！麻衣小姐寄信約妳今天在這裡見面對吧？」

「打開那封郵件給你看，這場莫名其妙的鬧劇就會落幕嗎？」

麻衣的母親從手提包裡取出手機，將畫面朝向咲太。

「……為什麼？」

這句話來自從一旁窺探的麻衣。

看不見麻衣的這個母親當然聽不到這個聲音。

郵件內容和麻衣剛才拿給咲太看的一模一樣。

——五月二十五日（日）下午五點到七里濱沙灘

寄件人欄位確實寫著「麻衣」，沒有任何奇怪的地方。麻衣的母親卻說：

「寄件人不詳。不過，我記得特地將這個行程寫進手冊，而且是勉強擠出時間赴約……這是怎麼回事？」

咲太才想問這個問題。上頭明明確實寫著「麻衣」，但麻衣的母親似乎看不見這兩個字。

從這段對話可以知道，至少在她三天前收到郵件的時候，知道寄件人是親生女兒麻衣。正因如此才硬是擠出空檔，安排時間來到這裡。

然而，在這天來臨前的某個時候，麻衣的母親忘了麻衣。不只是看不見與聽不到……而是完全忘記。

雖然難以置信，但是麻衣母親的態度非得這樣解釋。

「有這種荒唐事？」

內心的想法下意識地脫口而出，聲音空虛又不帶情感，連自己聽到都毛骨悚然。

「怎麼可以有這種荒唐事？」

第二句是對麻衣的母親說的。

「這種自薦很有趣，但終究太不合常理了。出社會歷練一下再重新來過吧。」

麻衣的母親轉過身，沿著原路回去。

「明明是母親！」

「……」

麻衣的母親沒回頭，也沒停下腳步。

「為什麼可以忘記女兒啊！」

「……算了。」

麻衣輕聲說了。

「為什麼！」

「算了啦……」

「我還沒說完！」

咲太繼續朝麻衣的母親背影宣洩所有情緒。

「……求求你，別再說了。」

麻衣的聲音聽來像是隨時會哭出來，咲太全身寒毛直豎，察覺到自己正在麻衣的傷口上灑鹽，便閉口不語。

「對不起。」

「……」

「真的很對不起。」

「……不，沒關係。」

「……」

麻衣身上究竟發生了什麼事？

直到剛才，咲太都以為只是他人看不見她的身影、聽不到她的聲音。咲太如此認定。麻衣自己肯定也是如此。

這或許是天大的誤解。他們至此才面對這個事實。

咲太與麻衣或許一無所知。

因為不只是看不見、聽不到……麻衣的存在本身，從母親的記憶中消失得乾乾淨淨……

「……」

愈想愈只有不祥的預感。

「咲太……」

麻衣的眼神不安地動搖。

咲太見狀，發現麻衣也懷疑相同的事。

——或許不只是母親，其他人記憶中的麻衣也會消失。

不知道是從何時開始。或許是從看不見的時候開始，或許是從別的時候開始。

只是，如果麻衣真的從他人的記憶中消失……

不用多久，這個懷疑就轉變成了確信。

4

咲太與麻衣走到通學時利用的七里濱車站，早早搭電車返回。並不是特別討論過要這麼做，兩人的雙腳自然踏上歸途。

途中，咲太向觀光的大叔與阿姨、當地的小學生與老先生搭話。當然是為了詢問「櫻島麻衣」的事。他對十幾人問了相同的問題，得到的也盡是相同的回答。

——不認識。

沒有任何人說自己認識麻衣，也完全沒有人看得見麻衣。

即使如此，咲太內心某處依然抱持期待，希望只是湊巧連續問到不認識麻衣的人。然而這一絲希望也立刻斷絕。

抵達藤澤站之後，咲太打公用電話聯絡女播報員南条文香。將上次拿到的名片留在錢包裡是正確的。

『喂？』

電話接通了。聲音有點客氣。

「我是梓川咲太。」

『哎呀……』

語氣突然變得有些開朗，音調確實提高了一階。

『居然接到你的愛的連線，看來今天是特別的一天。』

「完全沒有愛情喔。」

『沒興趣和大姊姊培養危險關係？我非常歡迎玩火耶。』

「不是大姊姊，是阿姨才對吧？」

『所以，怎麼了？』

文香很乾脆地換了話題。看來「不聽自己不想聽的事」是她的原則。

「是關於櫻島麻衣小姐的事。」

『怎麼突然這樣問？』

咲太聽到文香的反應，內心「喔」了一聲。

感覺有希望。

然而，文香接下來的話語使得這份期待脆弱地粉碎。

『那個人是誰？』

「……」

『喂？』

「妳不認識櫻島麻衣這個人嗎？」

咲太再度詢問。

『不認識。她是誰？』

「那麼，請問……照片那件事……」

咲太當成交易讓她拍的胸口傷痕的照片。至少那張照片肯定還在文香手上，而且文香和麻衣說好了不公開照片，代價是有權獨家採訪麻衣回歸演藝圈的新聞……

『不是說好不公開了嗎？我記得喔，我會守約。』

「妳跟誰說好的？」

『當然是跟你啊？怎麼了……你還好嗎？』

感覺一半是擔心，一半是對狀況有異的咲太感興趣。咲太覺得最好別再說下去，不然可能會招惹無謂的麻煩。

「我沒事，不好意思。我擔心照片的事，不小心胡言亂語了。」

『我真沒信用耶～～』

「抱歉在百忙之中打擾妳了，再見。」

咲太趁著自己還能保持冷靜時結束通話。

他放回話筒。手異常沉重。

咲太緩緩轉身，對等在身後的麻衣搖頭。

大概是一開始就不期待吧，麻衣只簡短說了句感想「這樣啊」，臉上沒表露任何情緒。

「今天謝謝你。再見。」

麻衣淡然道別之後轉過身。她不躊躇也不遲疑，筆直踏上歸途。

以一如往常的凜然腳步逐漸遠離。

咲太看著她的背影，內心吱嘎作響。

這樣下去，或許再也見不到她。咲太受到這份焦躁驅使。

隨即身體擅自動了。

「麻衣小姐，等一下！」

咲太追過去，抓住麻衣的手腕。

麻衣停下腳步卻沒有回頭。她注視著不遠處的地面。

「走吧。」

「……」

麻衣微微抬頭。

「走去哪裡？」

「或許某處還有人記得妳。」

「講得好像你以外的人都忘記我了。」

麻衣發出沒有感情的笑聲。

「……」

咲太沒否定。沒能否定。現在的條件齊全得令人這麼認為。而且正因為麻衣也這麼認為，才會講出剛才那句話吧。

即使如此，咲太還是想相信。前往這裡以外的某個遙遠城市，那邊的人都認識麻衣、看得見麻衣，會指著她說：「那個人是不是櫻島麻衣？」咲太想這樣相信。目前還想相信。

「去確認吧。」

「確認之後呢？知道你以外的人都看不見，知道你以外的人都忘了我，又能怎麼樣？」

「至少在這段時間，我會一直陪著妳。」

「！」

不可能沒感到不安。肯定不安到無以復加的地步，肯定差點被不安的情緒壓垮。不清楚正在發生什麼事，也不知道為什麼會變成這樣。明明不知道明天會變得如何，卻要回到沒人等待的孤單住處，絕對不可能不害怕。

低下頭的麻衣肩膀微微顫抖就是最好的證據。

「應該說，我還想繼續和妳在一起。」
「……囂張。」
「畢竟是難得的約會。」
「明明比我小卻這麼囂張。」
「對不起。」
「手會痛，放開我。」
咲太察覺到自己太用力，連忙鬆手。
「對不起。」
「光是道歉，我不會原諒你。」
「對不起。」
簡短的拌嘴到此停頓。
接下來是將近一分鐘的沉默。
「……好吧。」
麻衣輕聲回應。
「嗯？」
「既然還不想讓我回去，我就陪你繼續約會吧。」

麻衣抬起頭，惡作劇地以指尖按了咲太的鼻頭。

不知何時，麻衣不再發抖了。

第四章

我們的回憶

1

從藤澤站搭乘東海道線的下行電車將近一小時，往西約五十公里遠。漆著橙色與綠色線條的銀色電車，載著咲太與麻衣離開神奈川縣，抵達靜岡縣的知名溫泉鄉——熱海。

時間是晚上七點。

總之現在必須確認。

確認麻衣身上發生了什麼事……

誰看得見她？誰記得她？

原本以為只是以麻衣為中心產生的思春期症候群，究竟以何種規模折磨著麻衣？必須確認這一點。

至少在來到這裡的途中，兩人在茅崎與小田原下車、站在月臺時，沒人看見麻衣。

咲太找幾個人搭話，詢問關於麻衣的事，卻只得到「啊？」、「那是誰？」、「不認識」或「最近的孩子我不熟」之類的反應，和抵達熱海車站隨即問到的回應沒有兩樣……

大家真的都忘了「櫻島麻衣」。應該說彷彿打從一開始就不認識。

麻衣面無表情地看著眾人的反應。將驚訝、悲傷與恐懼都吞進肚子裡，如同毫無漣漪的水面般平靜。

站在熱海站月臺的咲太仰望發車時間的電子公布欄。

即使同樣是東海道本線，要前往下一個車站還是得轉車。剛才搭的電車終點站是熱海。

咲太確認開往島田的電車將在七點十一分進站，但他完全不知道島田在哪個縣的哪裡……查閱路線圖，總之確定是繼續往靜岡縣西方前進，這樣就夠了。

六分鐘之後發車，還有一點時間。

「我打電話給妹妹。」

咲太只對麻衣這麼說完，就跑到商店旁邊的公用電話，準備好零錢，拿起話筒。撥打電話號碼之後，話筒響起鈴聲。

不久，切換到語音留言模式。

「楓，是我。」

除了咲太，楓絕對不接別人打來的電話，所以咲太總是像這樣先留言。

『喂，我是楓。』

「太好了，還沒睡嗎？」

『現在才七點喔。』

咲太不用看楓的表情也能想像她已經鼓起了臉頰。

『怎麼了？』

「抱歉，我今天沒辦法回去。」

『咦？』

「我有事要出一趟遠門。」

『是……是什麼事？』

「就是……」

咲太瞬間語塞。但他立刻覺得應該告訴楓。

「楓，之前來家裡那個叫櫻島麻衣的姊姊，妳記得嗎？」

咲太朝話筒這麼說。

『我不認識那種人。』

楓回以過於乾脆否定的話語。

「……」

咲太無法立刻回話。他微微咬住下脣，等待心情變平靜。

『那個人是誰啊？』

楓發出「唔～～」的聲音，像是在吃醋。

咲太心不在焉地聽著楓的回應。自己熟悉的人以這種方式將現實擺在眼前，果然不好受。南条文香那時也是這樣，比起聽到素昧平生的人說「不認識」更令人震撼。因為這樣可以體會到本應共同擁有的記憶消失了。只在這一瞬間，咲太也一起成為當事人，真實感完全不一樣。

「不認識就算了。今天晚餐忍耐一下，吃廚房櫃子裡的泡麵吧，隨便挑妳愛吃的。也要記得餵那須野吃飯喔。還有，睡前好好刷牙。我會再打電話給妳。那麼，晚安。」

『啊，咦？哥哥！』

楓還沒喊完，十圓的額度就用盡了，通話結束。

電車也即將發車。

「麻衣小姐，走吧。」

「也對。」

咲太與麻衣搭乘停靠在第二月台開往島田的電車。

2

離開熱海的電車沿著太平洋這一側繼續西進。兩人途中在島田站與豐橋站轉車。離開靜岡縣進入愛知縣，從愛知縣前往岐阜縣，移動了數百公里。

這段期間，咲太向陌生土地的人們詢問麻衣的事，但還是沒有任何人知道「櫻島麻衣」這個人，也沒人看見麻衣。

然後，兩人現在坐在開往大垣的電車上。

確認麻衣存在感的計畫，今天恐怕只能進行到這裡了。咲太知道抵達終點站的時候，已經是凌晨過後的時間。每次進站，乘客就會減少。

車輪與鐵軌的軋轢聲、鐵軌連接處產生的震動。人煙逐漸稀少，相對的，這些聲音聽起來逐漸像是搖籃曲。

咲太與麻衣並肩坐在四人座的空位。

「在岐阜縣，這裡是人口僅次於岐阜市的城市喔。」

看手機的麻衣突然這麼說。

「妳在說什麼？」

同一節車廂上幾乎沒有其他乘客，只有三人坐在稍遠的座位上，心情上感覺跟與麻衣獨處沒兩樣。

「我在說大垣市。」

「喔。」

多虧這樣，即使輕聲細語也聽得很清楚。

「上面還說那裡的地下水很豐沛。」

「我超愛水質好的地方。」

「……」

「……」

兩人要是不說話，電車行駛的聲音就會填補空檔。外面當然黑漆漆的，無法享受窗外的風景。即使如此，麻衣依然將手肘撐在車窗下方的小桌子，看著陌生土地的景色。

彼此不發一語，大概經過了十分鐘。

「咲太。」

「什麼事？」

「看得見我嗎？」

映在玻璃上的麻衣雙眼看著面向側邊的咲太。

「看得見喔。」

「聽得到聲音嗎？」

「很清楚。」

「記得我嗎？」

「櫻島麻衣。神奈川縣立峰原高中三年級。以童星身分在演藝圈出道，總之，在各方面大展長才。」

「『各方面』是什麼意思？」

「因為童年在演藝圈這種地方度過，所以性格扭曲不老實。」

「哪裡扭曲不老實了？」

「明明不安，卻將不安藏在心裡。」

咲太說到這裡，鼓起勇氣握住麻衣的手。

麻衣有些吃驚般揚起眉毛，看向被握住的手。

「我沒准你握。」

「我想握。」

「……」

「我覺得我應該可以稍微領一點獎賞吧？」

「……真拿你沒辦法。」

麻衣的視線回到窗外，手指滑進咲太的手指之間。

十指相扣。

感覺難為情，而且心跳加速。

「下不為例喔。」

說出這句話的麻衣側臉看起來有點害羞，同時也像是看見咲太吃驚的模樣而感到愉快。

終於，車內廣播告知下一站是終點站大垣。

直到電車進站，咲太與麻衣握著的手都沒分開。

下車來到大垣站的月臺時，是日曆早已翻頁的零點四十分左右。

詢問站員是否認識麻衣，得到「不，我不認識」的回答之後走出驗票閘口。

不經意從南門離開車站，走到公車站時停下腳步。原本擔心要是這一站什麼都沒有該怎麼辦，不過車站大樓與商業設施林立於四周，很有市中心的樣子。看來今晚至少找得到落腳處。

問題是要在哪裡過夜。如果只有咲太一人，拿漫咖當旅館也沒問題，但他不忍心帶著麻衣去那種地方，而且麻衣剛才下車的時候說「我想洗澡」，大概是在提醒咲太吧。

其實咲太的想法也一樣。

約會時一直吹七里濱海岸的海風，所以想沖個澡。感覺皮膚黏黏的，衣服有海水味。

經過各方面的考量，咲太決定選擇最保險的方式，投宿站前的商務旅館。

詢問是否有空房時，櫃檯大叔投以質疑的目光。幾乎沒帶任何東西的高中生在深夜前來投宿，他這個反應是理所當然。

但還是順利入住了。咲太先支付一晚的住宿費，以免奇怪的質疑加深。

大叔看不見麻衣，所以麻衣想住房也無從登記。咲太原本想問她是否方便一起住，但是沒這個必要。麻衣快步走向電梯間。

搭乘停在一樓的電梯，前往六樓。

房間在走廊盡頭。６０１號房。

咲太不太清楚房卡的用法而歪過腦袋時，麻衣伸手幫忙開門。

「插進去再抽出來就好。」

咲太也嘗試一次當成練習。該怎麼說，沒有手感所以不太暢快，沒有開門的感覺。不過如麻衣所說，房門確實開啟了。

這個房間是單人房，裡面有一張床、聊勝於無的梳妝台兼桌子，以及搭配的椅子。此外就是十九吋電視與小冰箱，還有一個熱水瓶。

坦白說，很小。床占據室內的七成空間。

「好小！」

「一般都是這樣吧。」

麻衣坐在床邊，以遙控器打開電視，脫掉靴子，晃著雙腿轉台一輪之後早早關掉。

她就這麼從坐姿放鬆倒在床上。終究是累了吧。雖然幾乎只有搭車，但咲太也因為舟車勞頓而精疲力盡，倦怠的疲勞感擴散到全身。

「我去洗澡。」

麻衣緩緩起身。

「請便請便。」

「別偷看喔。」

「放心，我光是聽蓮蓬頭的水聲就可以配三碗飯。」

「……」

麻衣默默筆直指向房門，示意要咲太出去。

「我覺得讓年紀小的男生只聽蓮蓬頭的水聲而心癢難耐，是從容成熟女性的品味。」

「我……我當然知道啊！」

麻衣輕哼一聲，有如打從一開始就要這麼做。

「相對的，不可以一個人做怪事哦。」

「怪事？」

咲太明明知道卻裝傻。

「怪……怪事就是怪事啦！笨蛋，不理你了！」

麻衣撇頭轉身前往浴室。門「砰」一聲關上，聽聲音就知道確實鎖上了。

「剛才那樣超可愛耶……」

不久，蓮蓬頭的水聲響遍室內。

咲太聽著水聲，檢視室內設置的電話。看來確實可以打外線電話。

咲太拿起話筒，撥打唯一記得的朋友手機號碼。

第三聲鈴聲沒響完就結束，傳來熟悉的人聲。

『你以為現在幾點了？』

佑真的第一句話聽起來很睏。

「一點十六分。」

床頭的時鐘告知現在時刻。

『我當然知道這種事。』

「你睡了？」

『社團活動加打工，疲累的我一直熟睡到剛剛。』

「發生緊急狀況，幫個忙吧。」

『我要怎麼做？』

「先問一下，你記得櫻島麻衣學姊嗎？」

應該不可能記得吧。咲太抱持這種想法。因為今天他拿麻衣的事問過幾十人……搞不好將近一百人，卻沒聽到想要的回答。

『啊？那當然吧？』

「也對，你應該不認識。」

咲太反射性附和。

『不，我認識啊。』

佑真還沒清醒的聲音緩緩撼動咲太的大腦。

剛才……佑真說了什麼？

「國見！」

『唔喔，別忽然鬼叫啦。』

「你認識櫻島學姊嗎？櫻島麻衣學姊！」

『就說了，我當然認識啊。』

咲太不知道原因。雖然完全不知道，卻以這種意外的形式找到了一個他想找的人。喜悅、驚訝與困惑的心情，使得心臟跳得幾乎發疼。

『只有這件事？那我要睡了。』

「等一下，告訴我雙葉的手機號碼。」

『哎，是可以啦。』

佑真似乎清醒多了。他一邊嘀咕抱怨，一邊告訴咲太雙葉理央的手機號碼。咲太抄在桌上的便條紙上。

『咲太，你現在要打給她對吧？』

「所以我才會問啊。」

『我覺得雙葉會罵你沒常識喔。』

「放心吧，我也這麼認為。」

『嗯，我放心了。下次請我吃午餐喔，也要請雙葉。』

「知道了。晚安。」

『嗯，晚安……』

和佑真結束通話。

接著，咲太打電話給理央。電話立刻接通。「我是梓川。」咲太這麼說了。

『你以為現在幾點？』
理央的聲音意外清醒，聽起來不太高興，或許還沒睡。
「一點十九分。」
『二十一分。你的時鐘慢了。』
「啊，這樣啊。」
這裡是商務旅館，真希望時鐘可以調準。
「現在方便嗎？不過就算不方便，也希望妳陪我商量一下。」
『看來你又插手管棘手的事了。』
「不到棘手的程度。」
『另一邊傳來的蓮蓬頭的水聲，是櫻島學姊吧？』
「……妳居然知道。」
咲太即使被她過於犀利的指摘嚇了一跳，依然有種強烈的突兀感。
『你的可愛妹妹應該不可能在這種時間洗澡，而且看來電顯示就知道，這通電話不是從你家打來的。』
咲太聽著理央的推理，察覺這股突兀感的真相。
「雙葉，妳也記得櫻島學姊吧？妳認識她吧？」

咲太出言確認。
『不可能有人不認識那個名人。你是蠢蛋嗎?』
「就是因為發生這種蠢事,我才會在這種蠢時間打電話給妳。」
理央輕嘆一口氣。
『好吧。我就聽聽蠢梓川要說什麼蠢事吧。』

咲太花了約二十分鐘,向理央說明麻衣身上發生的所有現象。不加入臆測,將看見的一切據實以告。理央不時插嘴確認,不過在聽完咲太說明之前,始終擔任聽眾的角色。
「……就是這樣。」
咲太說完之後,理央暫時沉默。接著……
『原來如此。』
她只說了這句話,然後發出像是稍微思索的嘆息。
『沒想到你和櫻島學姊的關係進展到這種程度,嚇了我一跳。』
她這麼說了。
「喂,妳把我說的當成什麼了?」
『我根本不想聽的梓川愛情故事。』

「我不記得我是找妳商量這件事。」

『剛才那番話聽起來只像在曬恩愛。在這種時間講這個真沒常識。』

「我也不是在曬恩愛。」

『那麼是炫耀？』

「沒那種事。」

『話雖如此，這也太神奇了。』

理央嫌煩似的這麼說。

「哎，話是這麼說……但妳仔細想想，我和那個『櫻島麻衣』在一起。從這個事實來看，就算別人看不見她或是她從大家的記憶中消失，也沒什麼好奇怪吧？」

『啊，說得也是。』

「妳啊……」

咲太是當成玩笑話這麼說，理央卻率直地認同。

『就算這樣，我上次也說過，我個人否定思春期症候群的存在。』

「我知道。因為不合邏輯對吧？」

『對。』

即使如此，她也沒將咲太視為騙子，因為她看過發生在楓身上的現象與傷，也看過留在咲太

胸前的爪痕。「雖然不合邏輯，但相信你的說法在各方面比較說得通。」理央當時是這麼說的。

這是當然的，因為咲太完全沒說謊。他離開家鄉就讀峰原高中的隱情和楓的思春期症候群有關。不然咲太應該會正常就讀當地的高中，也不會遇見牧之原翔子，甚至沒機會知道峰原高中這所學校。

『所以，你期待我做些什麼？』

「希望妳幫我思考這種事的成因，找出解決的方法。」

『你真亂來耶。』

「因為我很拚命，所以也會亂來。」

『……』

「咦？雙葉？妳生氣了？」

『國見之前說過喔。』

「啊？」

為什麼這時候會提到佑真？

『梓川的優點，在於說得出「謝謝」、「對不起」以及「幫我」。』

「我只會對國見跟妳這麼說喔。」

咲太掩飾害羞的這句話被理央哼笑帶過。

『知道了。我會盡量思考，別太期待。』

「不，我要期待。」

『我說啊……』

「謝謝，妳真的幫了大忙。」

老實說，咲太也很擔心。完全看不見未來。上次出現這種恐懼，是楓出現思春期症候群的那時候。目前連自己該對抗什麼都不曉得，這是很恐怖的事。

或許咲太將來也會看不見麻衣，聽不見麻衣的聲音，忘記麻衣。這是咲太最害怕的事。

『你明天會上學嗎？』

「我現在在叫做大垣的地方，早上應該去不了。妳為什麼這麼問？」

咲太不認為理央會毫無意義詢問明天的行程。

『就我目前大致思考的結論，我、你以及國見的共通點只有學校。』

「原來如此。」

『這麼一來，原因或許在學校。我是這麼猜的。』

「……妳可能猜對了。」

咲太不經意想起一件事。今天……其實日期已經是昨天了，總之就是在約會的會合地點發生的那件事。和迷路女童一起遇見的女高中生——古賀朋繪。

在車站再度撞見的時候，朋繪看得見麻衣，她的朋友們也看得見麻衣。

「來到這種地方卻是白跑一趟嗎……」

咲太如此心想，向理央補充說明朋繪與她朋友的事。

『至少這成為掌握現狀的情報，所以你沒有白跑一趟喔。畢竟多虧這樣，才推測出原因可能在峰原高中。』

「這樣啊……那就好。明天我會去學校，不過可能中午才會到吧。抱歉這麼晚打擾妳。」

『真的是打擾我了。』

理央忍著呵欠掛斷電話，咲太也放下話筒。

咲太察覺自己無謂地一直站著，便一屁股坐在床邊。

不知何時，蓮蓬頭的水聲停止了。大概是專心跟理央講電話才沒發現吧。

「唔哇～～太可惜了！」

說出這句後悔時，浴室門稍微開啟，頭上包毛巾的麻衣從門縫探出頭。若隱若現的出浴香肩染上紅暈，冒著蒸氣。

「內衣怎麼辦？」

「啊？」

「衣服繼續穿沒關係，但我不要再穿一樣的襪子跟內衣。」

「我幫妳洗吧？」

「那我寧願死。」

「如果是麻衣小姐的內衣，就算髒掉我也不在意。」

「沒……沒髒啦！」

「髒一點反而更有價值啊。」

「給我離這種變態想法遠一點。」

麻衣取下包著頭的毛巾扔向咲太，毛巾直接打在他臉上。之所以忘記躲開，是因為咲太為麻衣溼潤的秀髮著迷。

不過，沒躲開是對的。大概是洗髮精的味道吧，毛巾洋溢著芳香。

「麻衣小姐現在沒穿內衣褲？」

「有圍浴巾。」

「喔喔……」

「不准胡思亂想自得其樂。」

「只是妄想沒關係吧？」

「你為什麼這麼色？」

「和漂亮學姊住旅館，叫我別興奮才是強人所難。」

「意思是怪我嗎？」
「我覺得以客氣的角度來看，肯定也有一半是因為妳喔。」
咲太說著起身，伸手確認口袋裡的錢包。
「如果願意穿便利商店賣的內衣褲，那我去買吧。畢竟我也想換。」
「可以嗎？」
「我還有一點錢。」
咲太拿起沒什麼錢的錢包給麻衣看。從藤澤車站出發的時候，咲太在便利商店提款機領出所有打工的薪水。總共是五萬圓多一點，目前還有餘力購買便利商店一條五百圓的內褲。
「我不是那個意思……男生買那種東西會不好意思吧？」
「嗯？啊，或許吧。但我習慣了。」
「習慣了？」
麻衣大概是聽不懂意思，露出呆愣的表情。
「我幫妹妹買生理用品買久了，感覺就麻痺了。現在甚至有餘力享受女店員的反應。」
楓是走不出家門的愛家少女，所以衣服與貼身衣物都是咲太買的。
「真麻煩的客人呢。」
「那麼，我出去一趟。」

「等一下，我也去。」

麻衣縮回頭，關上浴室的門，接著傳來上鎖的聲音。該說她徹底警戒嗎？看來她完全不信任咲太。

「交給我不就好了？」

「感覺你會買很誇張的回來。」

「我去的是便利商店耶。」

肯定只有賣樸素的款式。

「基本上，穿男生選的內衣褲不是很色嗎？」

大概是因為在狹小的浴室穿衣服，麻衣講話停頓時會發出「嗯」的聲音，好撩人。

不久，從浴室傳出的聲音變成吹風機的噪音。

結果，麻衣讓咲太等了十幾分鐘才終於出來。

「好了，走吧。」

「是～～」

咲太與麻衣避開櫃檯，從後門離開旅館。高中生獨自旅行終究很顯眼，登記入住時受到的那種疑惑視線最好盡量避免。

在這種狀況，幸好別人看不見麻衣。如果是一男一女會增加無謂的臆測，或許警察會來關切。不過根本來說，如果別人看得見麻衣，他們就不需要來到這種地方了……

咲太確認兩側的道路，距離車站約五十公尺處看得到高掛綠色招牌的便利商店燈光。

兩人自然走向該處。

「總覺得好神奇。」

夜晚在無人的路上默默走了一陣子，麻衣輕聲這麼說了。

她將雙手放在身後，看著夜深人靜的街景。臉龐看來似乎挺開心的。

「嗯？」

「現在居然像這樣待在陌生的城市。」

麻衣刻意踩響腳步聲前進，有如部隊行軍。

「妳應該為了拍連續劇或電影，去過各種地方吧？」

「那不是我自己去的，只是被帶去。」

「啊～～這我懂。」

咲太曾經全家出遊，前往比大垣更遠的沖繩；國中的校外教學去過比這裡遠一點的京都；小學時是去日光。此外也在學校舉辦的遠足造訪過許多地方，卻沒有「自己去」的感覺。

如麻衣所說，是被帶去的。

所以，咲太或許也和麻衣的心情一樣開心。在藤澤站跳上東海道線電車的瞬間，或許感受到了前所未有的亢奮感。

沒有決定目的地，總之挑選前往遠方的電車。為了尋找看得見麻衣的人，為了尋找記得麻衣的人……

自力來到這裡，當然也得自力回去。這種緊張感很令人開心。

現在，咲太與麻衣正在進行一場小小的冒險。除去思春期症候群的要素，這也是異於日常的處境。是這種「第一次」的開心。

「拍戲的時候，其他時間都一直待在飯店。明明是陌生的城市，住在這裡的人們卻都認識我，所以我不想出去閒晃。」

「這是炫耀？」

「你明明知道不是這樣，卻講這種話想吸引我注意？」

麻衣的眼神在笑，一副「我都看透了」的樣子。

「被發現了嗎？」

咲太以這句話掩飾害羞，麻衣回答「真愛撒嬌」哼笑帶過。

「不過，和我一起走在陌生城市的人居然是比我小的男生，這是我覺得最神奇的事。」

「我也沒想到會和那位櫻島麻衣來到這麼遠的城市。」

「很光榮吧？」

「我一輩子都不會忘記。」

咲太以清楚的意志刻意說出這句話。不能迴避。實際上，麻衣正從眾人的記憶中消失。

「……」

麻衣不發一語。

所以，咲太再度強調一次：

「絕對不會忘記。」

「……要是忘記呢？」

「我就用鼻子吃Pocky。」

「不准玩食物。」

「這不是妳發明的嗎？」

麻衣只有嘴角露出微笑，沒有繼續搭腔。

「……咲太。」

「什麼事？」

「……真的？」

「……」

「真的不會忘記？」

動搖的雙眼像在試探咲太似的訴說。

「麻衣小姐的兔女郎打扮清楚烙印在我的腦海。」

麻衣輕嘆口氣。

「那套衣服，你還留著對吧？」

完全是斷定的語氣。不過這是事實，所以沒關係……

「當然。」

「用來做奇怪的事是嗎……」

「我還沒用過。」

「回去之後扔掉吧。」

「咦～」

「咦什麼咦？」

「麻衣小姐再穿一次之後再丟掉吧？」

「你一臉正經講這什麼話？」

麻衣似乎打從心底感到無奈。

即使如此，咲太依然不死心地注視著她。

「也要為今天的事道謝……只限一次喔。」

結果，麻衣即使有點害羞，還是妥協了。

「謝謝。」

「只不過是幫比我小的男生滿足慾望，算不了什麼。」

和這番話相反，麻衣轉過頭去。雖然昏暗看不清楚，但她或許臉紅了。

「不過，今天得先挑內衣褲才行。」

「我絕對不會讓你挑。」

爭執沒有交集，兩人抵達了便利商店。

一進入便利商店，就傳來男店員「歡迎光臨～～」懶散的問候。店裡沒有其他客人，另一個店員抓準這個機會整理零食貨架。

要找的生活用品排列在入口附近的架子。咲太拿著購物籃，和麻衣站在架子前面。

襪子、T恤、毛巾、褲襪。主要目標內褲與小可愛當然也一應俱全。

咲太平常沒機會仔細看所以不曉得，不過商品比想像中還要齊全。每樣單品都摺得很小，裝進塑膠盒方便拿取。

女用貼身衣物是內褲與小可愛兩種，尺寸是S與M，有黑色與粉紅色可以選擇。

麻衣毫不猶豫地拿起黑色內褲與黑色小可愛，放進購物籃。最後還追加襪子。

「粉紅色比較好耶～～」

「又不是穿給你看的，哪種都可以吧？」

「唔哇～～超想看。」

「說蠢話會變成蠢蛋喔。」

麻衣忍著呵欠，快步走向飲料區。

堅持這種事也沒用，所以咲太將自己要穿的四角褲、T恤與襪子放進籃子，追上麻衣。

「不過，黑色也不錯。」

「你剛才說什麼？」

「沒事～～」

回到旅館，兩人先默默地將連同換洗衣物一起買的飯糰與三明治裝進肚子裡。雖然搭車時吃過東西，但那是差不多四小時之前的事，所以肚子餓了。

簡單用餐之後，咲太去洗澡。

「天亮就回去。」

洗完澡出來時，他對麻衣這麼說。

麻衣露出有些驚訝的表情，卻像是可以接受的樣子。

「畢竟會擔心妹妹吧。」

她這麼說了。

「嗯，這是原因之一，不過我找到記得妳的人了。」

「……真的？」

「是峰原高中的學生，我的朋友。」

「什麼時候找到的？」

「我在妳洗澡的時候打電話。」

咲太看向室內設置的電話。

「半夜打電話真沒常識，你會沒朋友喔。」

「我道歉了，所以應該沒問題。」

「真有自信。」

「他們兩人對我做相同的事，我想我也會原諒。」

「那就好……不過，原來如此。還有其他人記得我啊。」

「或許原因在學校。」

沒有確切的證據，卻也沒有其他線索。現在只能對此抱持期望而行動。

「知道了。那就睡吧。」

「那個～～我要睡哪裡？」

咲太請教占據床鋪的麻衣。披著旅館罩衫代替睡衣的麻衣揚起視線看他。

「地板？浴室？請千萬別叫我睡走廊，不然我應該會被旅館員工罵。」

麻衣目不轉睛地注視咲太之後，視線落在單人床上。

「你願意發誓什麼都不會做嗎？」

她思索片刻之後這麼問。

「我發誓。」

咲太立刻回答。

「騙子。」

麻衣絲毫不信任咲太。

「哎，不過呆呆被帶進旅館的我也有錯。」

「拜託不要講得好像我騙了妳。」

「如果只是睡在旁邊，我就准你睡床上。」

「真的？」

「你想睡走廊？」

「我想和麻衣小姐一起睡。」

由於是這種狀況，這句話聽起來像是有另一個意思。

「……」

事實上，麻衣雙眼出現警戒之色。

「我想睡在麻衣小姐旁邊。」

咲太連忙改口。

「……來吧。」

麻衣空出半張床，咲太鑽進那個空間。由於是麻衣剛才坐的地方，所以很溫暖。

「……」

「……」

咲太打算乖乖睡覺。

「咲太。」

此時，麻衣開口叫他。

「什麼事？」

「好窄。」

這也在所難免。單人床上睡兩個人當然很擠，甚至沒辦法翻身。

「意思是要我下床？」

咲太一轉頭，就和同樣轉身的麻衣四目相對。麻衣的臉蛋近在咫尺，近得即使光線昏暗，依然可以細數每根直挺的睫毛……

「講點話吧。」

「要講什麼？」

「好玩的話題。」

「難度真高。請問為難我很好玩嗎？」

咲太以機器人般的語氣打馬虎眼。

「你說呢？」

麻衣面不改色地這樣回答。

「不好玩卻擺出這種態度，太過分了吧？」

「你不是被我整得很開心嗎？」

「明知如此還玩弄我，麻衣小姐從骨子裡就是女王大人呢。」

「只是因為你是被虐狂的體質，我才不得已給你獎賞喔。」

「但我覺得天底下的男生被這麼漂亮的學姊欺負，都會很開心吧。」

「這是稱讚？」

「是讚不絕口。」

「是喔……」

對話至此中斷。

兩人不說話之後，空調震動聲與浴室換氣扇的聲音支配室內。外面沒有車輛行駛的噪音，隔壁房間也沒有聲音。

只有咲太與麻衣。

狹窄的單人房裡，咲太只感受到自己與麻衣的氣息。

咲太沒從麻衣身上移開視線。

麻衣也沒從咲太身上移開視線。

「……」

「……」

漫長的沉默經過兩人之間。

反覆眨眼。麻衣的呼吸聲微微刺激鼓膜。

麻衣的嘴唇毫無徵兆就緩緩動了。

「欸，來接吻吧？」

咲太感到驚訝，卻不慌張。

「麻衣小姐慾求不滿？」

「笨蛋。」

咲太出言消遣。麻衣沒生氣、沒為難，也沒害羞，只像是覺得有趣般笑了。

「我要睡了，晚安。」

她轉身背對咲太。

秀髮柔順滑動，露出潔白的頸子。繼續看下去可能會忍不住緊抱住她，所以咲太轉向另一邊，和麻衣背對背。

「咲太。」

「不是要睡了嗎？」

「如果我現在一邊發抖一邊哭著說『我不想消失』，你會怎麼辦？」

「我應該會從背後緊抱著妳，在妳耳際輕聲說『不會有事的』這樣。」

「那麼，我絕對不說。」

「咦，您哪裡不滿意嗎？」

「因為你可能會趁亂摸我胸部。」

「摸屁股呢？」

「當然不行吧。」

麻衣嫌煩似的隨口應付。

「……都決定要回到演藝圈了，我現在不是消失的時候。」

她接著說出的這番話，音量小得像是在講悄悄話。

「說得也是。」

「想演連續劇，也想拍電影……還想參加舞台劇的演出。想要和我覺得很厲害的導演、演員與工作人員一起創造一部好作品，感受『啊～～我活在世間』的感覺。」

「再來就是進軍好萊塢了。」

「嘻，這也不錯。」

「要不要趁現在請妳簽名呢……」

「我的簽名現在就很有價值喔。」

「啊，說得也是。」

「真的……不是消失的時候。」

「……」

「難得認識一個比我小的囂張男生，開始期待上學了……」

「我絕對不會忘記。」

咲太就這麼和麻衣背對背，輕聲告知。

「……」
沒有回應。
「我絕對不會忘記麻衣小姐。」
「天底下真的有『絕對』嗎？」
咲太刻意忽略這個問題。
「所以，隨時都可以接吻喔。不是現在也無妨……不用急也無妨……不是我也無妨。我認為麻衣小姐想進軍好萊塢也易如反掌，任何事都做得到。我這麼認為。」
「……」
短暫的沉默。
「……也對。」
麻衣如此回應。
「真遺憾。剛剛是你第一次也是最後一次奪走我初吻的機會。」
「要是妳先說，我就吻下去了。」
「來不及了。」
麻衣的喉頭深處發出咯咯的笑聲。
不過，笑聲立刻停止。

「……謝謝。」

她這麼說。

「謝謝你沒有放棄我。」

「……」

咲太假裝睡著，沒有回應。因為要是繼續說下去，還是會忍不住抱緊她。

最後，身後傳來麻衣安穩熟睡的呼吸聲。

咲太感受著這個聲音試著入睡。但他感受到麻衣就在身旁，不可能睡得著。

3

最後，咲太整晚都沒睡，直到外頭天色變亮的這幾個小時，他聆聽著身旁麻衣熟睡的可愛鼾聲度過。

當然也會冒出非分之想。不過，即使咲太下定決心偷看麻衣，她也沒有要醒來的跡象。咲太反而覺得逕自興奮的自己莫名幼稚，想到只有自己意識到這種事就變得空虛。

咲太認為既然這樣就要趕快睡覺，但是麻衣睡在身旁，加上長途搭車的陌生疲勞感似乎嚇到

身體，完全睡不著。骨子裡發熱難熬，騷擾咲太一整晚。

就這樣，只有時間白白流逝，窗戶另一頭逐漸明亮。

剛過六點半，麻衣醒來了，所以咲太說聲「早安」問候，接著準備退房。話雖如此，因為咲太幾乎是雙手空空，所以也沒什麼好準備的。

麻衣就沒這麼簡單了，她首先表示要洗個澡。

整整洗了三十分鐘以上。

想說終於洗完了，麻衣卻說還要做各方面的準備，硬是將咲太趕出房間。真是不講理至極。

為了隨便打發時間，咲太到昨天那間便利商店買早餐，而且盡量走慢一點……

回來之後，兩人各吃了一個克林姆麵包，接著終於退房。時間已經八點多了。

走到大垣站，搭乘進站的電車，接下來要移動數百公里。不過有個地方和昨天不同，咲太與麻衣從名古屋就改搭新幹線，所以很快就回到神奈川縣的藤澤市。

返抵住家時還是上午。不愧是夢想中的超級特快車，超快的。

兩人各自回家一趟，三十分鐘後在公寓前面集合。

「臉看起來真散漫。」

先換好制服到樓下等的麻衣，一看到咲太忍著呵欠的模樣就這麼說。

「麻衣小姐今天也好漂亮呢。」

「領帶歪了。拿一下。」
麻衣將書包塞給咲太，將手伸向咲太的衣領，幫忙將領帶調整筆直。
「沒想到這麼快就可以和麻衣小姐玩新婚遊戲，謝謝。」
「你的臉已經夠蠢了，別再講這種蠢話。」
麻衣從咲太手中搶過書包，逕自踏出腳步。
「啊，等等我。」
咲太快步追上，與她並肩前進。
本應熟悉的街景有一點點懷念的感覺，內心覺得彷彿離家一週左右。
離家的時間明明只有昨天一天。
約會遲到也還是昨天的事，卻已經逐漸化為回憶。
咲太思考著這種事時，打了一個呵欠。
「呵啊～～」
熬夜的打擊終究很沉重，如今睡意突然來臨。
「怎麼了？睡眠不足？」
麻衣注視咲太的雙眼。大概充血了。
「妳以為是誰害的？」

「意思是我害的？」

「因為昨天麻衣小姐不讓我睡。」

「是你自己在興奮吧？」

「真要說的話，應該是緊張。」

咲太又打了一個呵欠，說出真心話。

「你也有可愛的一面耶。」

「是妳神經太大條了，居然可以熟睡。」

「我從小就四處拍戲，休息時間也會在後台睡。而且……」

麻衣說到一半停頓下來，表情就像想到惡作劇點子的孩子。

「只不過是咲太睡在旁邊，算不了什麼。」

「我聽到好情報了，所以下次有這個機會，我想玩各種惡作劇。」

「明明實際上沒膽做任何事……」

咲太與麻衣在午休時間抵達學校。

學生們幾乎都吃完午餐的悠哉時間。部分學生在籃球場上玩，嬉鬧聲從中庭傳來。

一如往常的學校氣氛，有種久違的感覺，心情像是春假或寒假結束後重返學校。

「我逛逛校內。」

兩人在校舍入口換好室內鞋之後，麻衣這麼說了。

「我去找雙葉。啊～～雙葉這個人是我朋友，沒有忘記妳……」

「既然叫做雙葉，應該是女生吧？真意外。」

正要離開的麻衣停下腳步。

「雙葉是姓氏。」

不過實際上確實是女生……

「這樣啊。晚點見。」

咲太不經意注視著麻衣走向走廊深處的背影。抱著一疊筆記本的女學生、拿著上課投影片的中年地理老師、熱烈討論「籃球社學長超帥」的一群女生，接連經過麻衣身邊。

沒人注意麻衣，也沒人看麻衣一眼。

咲太不覺得稀奇。

這是一如往常的光景。

麻衣在學校就處於這種立場。

這是「少碰為妙」的最終結果。不只是視而不見，是真的當成空氣。從以前就是這樣。

無視於麻衣而成立的這種氣氛，類似某種東西。

無須思考，那正是看不見麻衣的人們做出的反應。峰原高中的學生們從以前就是這種態度，真的是從咲太入學以前就這樣……

麻衣鑽過這樣的學生們之間。

那模樣果然酷似思春期症候群造成的光景。

「……」

原本只是碎片的理解，似乎要拼湊在一起了。咲太有這種預感。

感覺隱約看得見原因的真面目。

理央說原因可能在於學校。咲太的感覺對她的意見產生共鳴。

「梓川。」

聽到呼喚的咲太轉身一看，身穿白袍、雙手插在口袋的理央就站在後方。

理央一看到咲太就打呵欠，咲太也跟著打呵欠。

「有個壞消息。」

理央突然這麼說，咲太提高警覺。

「除了我，或許所有人都忘記櫻島學姊了。」

「……！」

咲太蹙眉。這確實是壞消息。

「至少國見不記得。」

「真的？」

理央沒理由說謊。這種玩笑不該在這種狀況說，而且咲太很清楚她生性不會開這種玩笑。

即使如此，咲太還是反射性出言確認。他希望這是謊言。

「我一提到櫻島學姊，國見就面有難色地詢問『這個人是誰』。我還沒確認其他學生的狀況，不過……」

那就找其他學生問麻衣的事吧。如此心想的咲太環視周圍，但是很快就發現沒這個必要。

麻衣跑回校舍入口。她氣喘吁吁，神色慌張……臉蛋蒼白又畏懼。

調整呼吸之後，麻衣筆直注視著咲太問：

「還看得見我嗎？」

「嗯。確實看得見。」

咲太大幅點頭回答。麻衣臉上的緊迫感逐漸消失。

「太好了……」

輕輕呼出的這口氣籠罩著安心。

可是，為什麼？

為什麼只有咲太跟理央看得見，其他學生卻看不見麻衣、忘記麻衣？

至少在昨天，咲太與理央、佑真……以及古賀朋繪跟她的朋友應該都看得見麻衣。
「對了，古賀朋繪！」
咲太獨自拔腿跑向一年級教室。

咲太逐一檢視一樓教室，在第四間教室發現朋繪。一年四班。她將窗邊的書桌併在一起，還在和昨天那群朋友一起吃便當。
咲太大步走進教室。
朋友先察覺咲太，發出「啊」的聲音。四人的視線都捕捉到了咲太。
「是昨天的……」
朋繪看著咲太，輕聲這麼說。
咲太見狀，停在講桌前面問她：
「妳認識櫻島麻衣學姊嗎？」
包括古賀朋繪的四個一年級學生面面相覷，講起悄悄話。
「這是怎樣?朋繪，怎麼回事？」
「我……我不知道啦……」
「話說，櫻……麻衣？」

「誰啊？」

她們這麼說了。

「昨天，妳們在江之電藤澤車站的驗票閘口見過她吧？」

朋繪等四人再度面面相覷，各自搖頭。

「為什麼忘了？是藝人櫻島學姊啊。」

咲太向前一步。

「好好回想，就是三年級的大美女……有這個人對吧！」

咲太繼續接近，朋繪隨即繃緊臉。

「快想起來吧！」

他將雙手放在坐著的朋繪肩膀上。

「我……我不知道啦！」

朋繪似乎受到驚嚇，雙眼噙淚。

「拜託！」

「好痛……」

咲太察覺雙手太用力了。

「咲太，住手。」

耳邊傳來制止的聲音。麻衣抓住咲太的手腕。

咲太緩緩放開朋繪的肩膀。

「抱歉，我一時失控了。對不起。」

「唔，嗯……」

「真的對不起。打擾了。」

咲太道歉之後，以沉重的腳步走出教室。

「梓川。」

晚一步追過來的理央從走廊另一頭招手要他過來。

「什麼事？」

理央停在原地，所以咲太不得已，留下麻衣走了過去。

「我只想到一個可能性。」

理央壓低音量，以只有咲太聽得見的聲音說了。

只是就咲太看來，她的眼神似乎在猶豫是否該說下去。

「說吧。」

「我說梓川……你昨晚有睡嗎？」

理央這番話從這個問題開始。

當天放學後，咲太和麻衣一起走回藤澤站，在車站道別。

雖然是這種時候，但咲太今天排班打工，不能請假。麻衣也說「這種事得照規矩來」。

睡眼惺忪地努力工作到晚上九點，回家途中去了便利商店一趟。

檢視貨架，繞了店內一圈。

要找的提神飲料和果凍飲料等商品一起擺在收銀台前面的架上。

有一瓶兩百圓的，也有貴得可以吃一碗大碗牛丼的。不只如此，咲太還發現兩千圓以上的商品。不曉得究竟有什麼不一樣，又包含了何種成分。

總之咲太拿了三瓶，連同提神用的薄荷口香糖與口含錠一起結帳。

總共將近兩千圓。加上來回大垣的車費與商務旅館住宿費，荷包從昨天就一直變瘦，幾乎沒剩多少錢了。

話雖如此，但現在不是錙銖必較的時候。

理央的那句話掠過腦海。

——我說梓川……你昨晚有睡嗎？

咲太是這麼回答的：

「整晚沒闔眼。」

理央似乎早就知道他會這樣回答。

「我也整晚沒闔眼。」

「……」

「雖然只是結果，但我覺得這就是原因。畢竟我沒和櫻島學姊在一起。」

「……也對。」

咲太聽不懂意思，等她繼續說明。

「記得我上次說的觀測理論嗎？」

「薛丁格的貓。」

「老實說，我覺得很荒唐。不過……」

理央說到這裡，眼睛看向佇立在不遠處的麻衣，露出相當為難的樣子，似乎不知道該露出何種表情、該對麻衣說些什麼。

「像這樣親眼目睹，我就渾身發冷。」

「原因是思春期症候群？」

「不是。那個人在變成這樣之前就在這所學校裡被當成空氣。」

「沒錯。」

「我自己也配合這種氣氛，把這種狀況當成是對的，毫無疑問就接受了。」

「反過來說，就是因為不抱持疑問才做得到吧？要是自覺正在做什麼不對的事，就意外地不會順應氣氛行事吧？」

知道自己在做不對的事，理解這樣很難看，明白這樣很丟臉，確認這樣很遜……卻還抬頭挺胸承認「我將班上同學當空氣」。咲太覺得這種傢伙應該很少見，根本有問題。

發覺楓遭到霸凌的時候，帶頭的女生就是這樣。「這樣哪裡錯了？」她大言不慚地這麼說。

麻衣這次的狀況，原因恐怕也在麻衣自己。因為她曾經在某些時候想成為空氣，也接受周圍對她如此反應。

希望消失，表現得像空氣，飾演空氣。

「不過正因如此，我覺得線索在於這所學校的氣氛。」

理央猶如理解了咲太的想法，輕聲這麼說。

「對於櫻島學姊來說，這所學校正是裝貓的箱子。」

「……」

沒人看麻衣，不去看她。麻衣沒被任何人觀測，不確定真實存在……所以逐漸消失。而且不是不見，是逐漸被當成從來不存在。因為沒被任何人認知，等於不存在於這個世界……

渾身發冷。

咲太的身體理解了理央這番話的意思。

總歸來說，現象的成因在於學校，是全校學生的意識。對於麻衣漠不關心的程度，已經是潛意識的等級，甚至不放在心上。理央說這種甚至不算是情感的情感，或許就是引發思春期症候群的原因。

或許想辦法改變人們的這種潛意識就好。甚至沒察覺有問題，不把問題當問題，這種學生在峰原高中約有一千人。

是否有什麼方法能讓他們對麻衣的漠不關心改為關心？

「……」

感覺過於巨大的黑暗位於面前。

這就是惡寒的真面目，原因的真面目，咲太必須打倒的敵人真面目。雖然看不見，卻確實存在於該處的「氣氛」，是咲太覺得當成戰鬥對手很荒唐的「氣氛」。

「不過，如果起因是學校的氣氛，為什麼連那些和學校無關的人都看不見麻衣小姐？」

「或許是櫻島學姊將校內的氣氛帶出去了。」

咲太最初在湘南台圖書館見到麻衣的時候，或是麻衣獨自前往江之島水族館的時候，或許無法否定這種可能性。因為麻衣自己想成為空氣，咲太也覺得原因在麻衣身上。

然而，如今不可能是這樣。

麻衣已經沒有想消失的念頭。咲太敢斷言絕對沒有。畢竟她決定要回到演藝圈，而且昨晚雖然是開玩笑，不過……

——如果我現在一邊發抖一邊哭著說「我不想消失」，你會怎麼辦？

她對咲太這麼說過。

——難得認識一個比我小的囂張男生，開始期待上學了……

她也這麼說過。

這毋庸置疑是麻衣的真心話。

「就算不是這樣，氣氛也會輕易傳染。」

理央不怎麼起勁地說了。

「現在是眾人擅自解讀氣氛的時代，情報甚至能在一瞬間傳到地球另一邊。這個時代就是如此方便。」

如果想出言否定，要講多少應該都講得出來。理央應該也自覺剛才的說明滿是破綻吧。即使如此，咲太內心某部分依然承認現在確實是這種時代。是這種……雖然方便，同時也令人討厭的時代……

「……」

所以，咲太無法反駁理央。何況事已至此，即使爭論這個現象擴大的原因，咲太覺得也沒意義。位於面前的現實就是一切。

「回到正題……」

理央看咲太沉默不語，慎重地補充最後的說明。

「如果關鍵在於認知與觀測，人類意識沒運作的睡眠行為就是失去記憶的契機。我個人可以接受這種論點。」

清醒的時候可以思考這個人的事，可以看這個人。但是睡覺時無法意識到對方，也可以說是認知對方的能力減弱。結果就是在意識中斷的這段時間，被空氣化的現象吞噬。

「……」

咲太回想起昨晚的事就一陣膽寒。因為要是當時睡著了，現在或許已經忘記麻衣……

咲太嚼著提神的口香糖回家之後，喝下這輩子的第一瓶提神飲料。奇特的甜味和汽水明顯不同，有點像在吃藥。

絕對不難喝，要說順口是很順口，只是咲太心情上無法細細品嚐。

不太期待的提神效果以身體感受得到的程度清楚顯現。頭腦清晰、意識清醒。

「哥哥，你喝了什麼？」

楓看著放在廚房的空瓶，歪過腦袋。快要晚上十一點了，這是楓平常就寢的時間，所以她看起來很睏，睡眼惺忪。即使如此，她還是遲遲沒回房間，應該是在意咲太昨天為何沒回家。

「要拿回昨天的份，不然我今天不睡覺。」

楓這麼說。

所以，咲太暫時陪楓聊天。主要話題是最近看的書。

楓剛開始真的是充滿幹勁地說「今天到天亮都不睡」，實際上卻是還不到十二點，就和貓咪那須野一起在沙發上睡著了。

咲太用新娘抱將楓抱回房。無數書本環繞的室內，塞不進書櫃的小說堆積在腳邊各處。咲太一邊尋找踏腳處，一邊走向床，讓楓躺好。

「晚安。」

幫楓蓋好被子並且關燈，靜靜關門離開。

咲太將一大把薄荷口含錠塞進嘴裡，回到自己的房間。口腔與鼻腔涼涼的。

必須趁著意識清醒時做一件事。

咲太坐在書桌前面，打開筆記本，並不是要念書。明天開始期中考，多少準備一下比較好，但成績不是當務之急。

現在必須因應最壞的事態做好準備。

咲太按了兩下自動鉛筆，開始在筆記本上書寫。

這三週……從認識麻衣到今天，每一天的回憶……

咲太持續寫了一整晚。

遇見了野生的兔女郎。

——五月六日

兔女郎的真實身分是峰原高中的三年級學姊，那位赫赫有名的「櫻島麻衣」。

這是契機，這是初遇，不可能忘得了。

就算忘記也一定要想起來。未來的我，好好幹啊。

4

為期三天的期中考第一天，結果相當淒慘。

不只是昨晚完全沒念書，加上連續熬夜兩天，集中力幾乎是零。即使想好好思考，思緒也在閱讀問題的時候停止，大腦一片空白。就只是看著考卷，處於只映入眼簾的狀態。

考完之後，咲太到隔壁教室找雙葉理央。她在教室也穿白袍，所以很好找。

理央似乎也發現了咲太，做好放學準備之後來到走廊。

「妳記得嗎？」
咲太緊張地詢問。
「啊？記得什麼？」
理央回以疑惑的視線。
「不，沒事。」
「這樣啊。那我去實驗室了。」
「再見。」
咲太輕輕舉起手道別，理央就晃著白袍衣襬離開。原本期待她會突然轉身說「開玩笑的」，可惜沒有。理央就這麼消失在樓梯那一頭。
「所以妳的假設正確啊……」
理央藉由她自己忘記麻衣，證明了這個假設。
如今，只剩下咲太一人。
記得麻衣、聽得見麻衣的聲音、看得見麻衣的人，只剩咲太一人。
「這進展真讓人熱血沸騰呢。」
如今就算來硬的，也要將這個逆境轉變為鬥志。

隔天五月二十八日，期中考第二天的成果也不甚理想。但咲太無暇去在意這種事。好睏。總之好睏。

每次眨眼都差點敗給睡魔的誘惑，想要就這樣閉上雙眼。

從約會的週日至今完全沒睡。今天是週三，熬夜進入第四天。

早就已經超過極限了。

一直想吐。實際上已經吐過兩次，後來就有種喉嚨哽住的異樣感。

身體狀況極差。脈搏不對勁，不只是不規則，還經常撲通撲通作響。氣色很差，早上一起搭電車的佑真說「你看起來好像喪屍」，一臉嚴肅地關心。

唯一的救贖，就是考試期間不用排班打工。這種狀況終究沒辦法工作。

總之眼皮好重，眼睛睜不開。陽光好煩。光是捏大腿完全無法讓意識清醒，至少要以自動鉛筆刺大腿，身體才會當成刺激接收。

「你好像很累？」

回程途中，麻衣如此詢問。

即使只剩咲太看得見，麻衣依然每天上學。她說「反正也沒別的事好做」，但她內心大概靜不下來吧。畢竟白天獨自待在家裡應該會不安，內心某處也肯定期待「或許今天到學校，就會發現一切恢復正常了」。

「我考試的時候總是這樣喔，因為我老是臨時抱佛腳。」

「平常沒有好好用功，才會落得這種下場喔。」

「拜託別學老師講話啦。」

「如果你堅持需要……」

「嗯？」

「要我幫你補習也行喔。」

「和麻衣小姐共處一室，我會滿腦子都是色色的事，所以還是免了。」

「……」

麻衣明顯嚇了一跳，大概是沒想到咲太會拒絕。

「這……這樣啊……那就算了。」

「那麼，明天見。」

咲太在公寓前面和麻衣道別。

一進電梯，咲太就鬆了口氣。他目前還沒對麻衣坦承自己沒睡。要是說出來，麻衣肯定會要他不要一直勉強不睡。

咲太不想害麻衣無謂操心，而且這是他自己擅自決定做的事，不希望麻衣感覺自己有責任。

咲太回家之後，在客廳打開物理書籍。這是從大垣回來的當天向理央借的。他希望在書裡找到解決問題的線索。

內容是說明得淺顯易懂的量子理論入門，但是依然很難懂，裝不進腦袋。咲太將期中考溫書扔在一旁，從前天就閱讀這本書，但是翻頁的手好沉重。

對於連續熬夜的眼皮來說，物理書籍是剋星，如同強力安眠藥。咲太以毅力抓住快要消失的意識，勉強閱讀說明文。

想幫助麻衣。咲太單純以這個動機行動。

大約一小時後，同樣在客廳看書的楓肚子叫了。咲太不發一語地從沙發起身做晚餐，和楓一起吃。

「哥哥，你氣色好差。還好嗎？」

隔著餐桌相對的楓在說話。咲太雖然看見這一幕，卻忘記回應。

「……」

「哥哥？」

「啊～～嗯？」

因為太睏，思緒停止了。

「還好嗎？」

「因為這幾天在考試。」

這算不算理由？咲太沒自信。

「請不要勉強自己。」

「嗯，也對。」

雖然這麼說，但無論是勉強還是怎樣，咲太都不能睡。

睡著就會忘記麻衣。

雖然並不確定會這樣，但是可能性極高。

那麼，咲太還是不能睡。

「吃飽了。」

「我吃飽了。」

和楓一起吃完晚餐之後，咲太外出散步，順便去一趟便利商店。

吃完飯坐著很危險，連站著都可能會睡著。實際上，今天搭江之電通學的時候，咲太就差點在車上抓著吊環睡著。多虧雙腿一軟，膝蓋頂到坐在前方的西裝大叔才好不容易清醒，不過當時真的是千鈞一髮。

咲太在便利商店買提神飲料。價格相當於大碗牛丼的商品。大概是因為一直喝吧，效果隨著飲用次數降低，而且反作用力很強，兩三個小時之後會極度想睡。就算這樣還是比沒喝好得多。

咲太將錢包插進褲子後方的口袋，走出店門口。

戶外的風輕撫臉頰。下一瞬間，咲太踉蹌般停下腳步。

正前方有人。

身體感受到像是惡作劇被發現時的焦慮。

緩緩冒出一層難受的汗水。

「買了什麼？」

問話的是身穿便服，直挺挺擋在前方的麻衣。

咲太以不靈光的大腦拚命找藉口，卻完全想不到。極度睡眠不足導致大腦變笨。

「啊～～呃～～」

麻衣將手伸過來，搶走便利商店的購物袋看裡面裝了什麼。

「果然沒睡。」

一針見血。

「……」

看來咲太誤以為麻衣沒發現。咲太現在的身體狀況很差，這種事肯定一眼就看得出來。不只是佑真，連楓都會指出這一點，麻衣沒發現才奇怪。

「你以為可以一直瞞著我？」

「我覺得要是這樣該有多好。」

「笨蛋。不可能一直這樣下去吧？」

「就算這麼說，我也只想得到這個方法啊。」

語氣變得像是鬧彆扭的孩子。

咲太當然知道撐不久。人活著不可能不睡覺，何況做這種事也無法解決任何問題。即使知道可能徒勞無功，咲太也只能做這種可能徒勞無功的事，別無選擇。

折磨麻衣的莫名其妙的現象，還找不到解決的方法，甚至不確定是否有方法解決。

即使如此還是得找。找到方法之前，咲太絕對不能睡。

就算找不到，咲太也不打算輕易放棄，倒頭大睡。

一天也好，想繼續記得麻衣；一分鐘也好，想繼續陪在麻衣身邊；一秒也好，想減少麻衣孤獨的時間。這是咲太的想法。連續熬夜到幾乎無法運作的大腦，如今只能思考這種事。

「臉色蒼白，真的笨死了。」

「我這次也這麼認為。」

「好了，回去吧。」

麻衣將購物袋塞回給咲太，快步走向自己住的公寓。咲太沒多想，只乖乖跟著走。

回到家是晚上八點多。

楓似乎在洗澡。咲太一去盥洗室，隔著拉門就聽到愉快的歌聲。她唱的是家電量販店的廣告歌曲，因為很短所以一直重複唱。

咲太想回自己的房間，卻在房門停下腳步。

因為麻衣擅自在房間正中央擺了一張折疊桌，然後坐在坐墊上。

「在這種時間進男生家裡，就等於是任憑擺布吧？」

「八點還是安全時間。」

「就算這樣，為什麼妳要跟到我家？」

「我就陪著你吧。」

「太棒了，這是愛的表白！」

「錯了。你知道吧？我的意思是今晚也不讓你睡。」

「糟糕，我興奮起來了。」

「要是你快睡著，我就把你揍醒。」

「唔哇～～看來今晚不好受呢。」

麻衣看起來很開心。她究竟打算揍幾下呢？但願不要培養出奇怪的嗜好……

「好啦，坐吧。」

麻衣輕拍地毯。

咲太先移動到她示意的位置。

「課本跟筆記本呢？」

「拿這些東西做什麼？」

「期中考到明天，所以要念書。我幫你補習吧。」

「咦～～不用了啦。」

現在念書也裝不進腦袋，只會增加睡意。

「話說，麻衣小姐功課好嗎？」

「一年級剛開始的時候，我為了工作沒去上學，所以成績很差。不過二年級之後，我的成績表上沒有科目低於八級分。」

峰原高中的成績分成十級，一是最低、十是最高。換句話說，未曾低於八級分是非常優秀的成績。

「出乎意料是個書呆子呢。」

「只是拿閒暇時間念書罷了。」

「一般來說，有閒暇時間都會拿來玩吧？」

「別說了，給我念書。我並不是你的一切吧？」

「我自認現在是這樣喔。」

否則就不會斷然執行「不睡覺」這種拚命的作戰。

「就算我的問題解決了，要是這樣下去，留在你手邊的只會是分數淒慘的答案卷喔。」

「請別說這種中肯的論點，我會想睡。」

「總之給我念書吧。」

「提不起幹勁。」

「即使我當你的家教也沒幹勁？」

「要是妳打扮成兔女郎，我或許就會提起幹勁。」

「你對任何人都這麼說嗎？」

「這種話，我只對麻衣小姐說。」

「我一點都不高興。」

咲太打了一個呵欠，眼角滲出的淚水刺激得發疼。

「何況要是我打扮成兔女郎，你就會滿腦子都是色色的事，沒辦法用功吧？」

「這是盲點。」

大腦幾乎沒在運作，只能任憑想法脫口而出。

「那麼，這樣好了……要是你考一百分，我就給你獎賞。」

麻衣的迷人提議使咲太的上半身稍微前傾。

「也就是願意做任何事嗎？」

「好啦好啦，我願意。」

大概是認定絕對不可能吧，麻衣輕易答應了。

「明天是數學Ⅱ以及現代國文啊……」

首先確認科目。雖然只有一點點，但意識清醒了。

「數學Ⅱ或許拿得到一百分。」

「咦？原來你很聰明？」

麻衣發出驚慌的聲音。

「普通。不過理科還算不錯。」

正因如此，這時候應該放棄現代國文，只以數學Ⅱ一決勝負。現代國文的評分多少有點自由心證，可能會在微妙的地方扣分，所以很難拿滿分。相對的，數學Ⅱ的正確答案很明確，只要好好寫出作答的方程式就不會莫名被扣分，有望拿下滿分。

咲太立刻打開數學Ⅱ的課本。

但是，麻衣伸手搶走。

「要我用功的麻衣小姐為什麼要妨礙我？」

「就算我說願意做任何事，也不代表真的什麼事都會做喔。」
麻衣噘起嘴，一副忸忸怩怩的樣子。
「我不會那麼強人所難啦。」
「真的嗎？」
「我會克制慾望，選擇『一起洗澡』就好。」
「那個不行。」
「咦～～」
「那……那是當然的吧！」
「穿泳裝也不行？」
「洗澡的時候穿泳裝？你為什麼會想到這種喪心病狂的點子？」
輕蔑的視線不斷刺在咲太身上，這是很好的刺激。
「那麼，就換上兔女郎裝讓我躺大腿吧。」
「居然掛著『這應該沒問題』的表情講這種話……」
咲太這個點子說得相當認真，麻衣卻不肯理會。
「不然繼續上次沒成行的鎌倉約會？」
大概是提案突然不再偏激，麻衣愣了一下。

「可以是可以……不過真的這樣就好？」

「原來麻衣小姐希望更刺激一點啊……」

「我可沒這麼說。」

麻衣的手指輕輕碰觸咲太的臉頰，接著用力一捏。

「啊～～清醒多了～～」

「……真是的，明明比我小卻這麼囂張。」

接下來兩個小時，咲太在麻衣的陪伴之下用功溫習。

不過，有自信的數學Ⅱ被退回，而是被迫徹底專攻現代國文……

「『沒有任何人能保□咲太的未來』，以及『咲太老了以後沒有任何保□』。在空格填入正確的漢字吧。」

「老師，我在這個問題上感受到惡意。」

「別管這麼多，快寫。」

麻衣以手指輕敲放在咲太面前的筆記本。

她先寫下「障」與「證」兩個字。

「『沒有任何人能保□咲太的未來』的空格要用哪個字？」

「這……」

咲太無法辨別，所以手指隨意指向「障」，觀察麻衣的反應。他想從視線與表情的變化解讀正確答案。

不過，麻衣輕易看穿這種作弊手法。

視線一相對，她就露出非常溫柔的笑容，而且眼睛也真的在笑，所以更恐怖。

「題目也可以改成『奸詐作弊的咲太安全無法得到保□』喔。」

「不好意思，請給我提示。」

「『保證』是打包票的意思，『保障』是類似保護的意思。」

「也就是說，『我保□麻衣小姐未來會幸福』要用『證』，『兩人的未來具備充實的保□』要用『障』是吧？」

「不准擅自改問題。」

麻衣捲起課本輕敲咲太的腦袋。

「就是這種地方不可愛。」

看來答案正確。要是考試出同樣的問題，咲太覺得自己應該可以答對。他連同麻衣剛才鬧彆扭般的表情一起確實記入腦中。

後來，麻衣也出了好幾個類似的問題，咲太以玩遊戲的感覺努力學漢字。

雖然這麼說，注意力終究遲早會用盡。

字詞填空題練習到一個段落時……

「我去泡個喝的。」

咲太說完起身。

「咖啡可以嗎？不過是即溶的。」

「嗯。」

麻衣翻閱漢字題庫，似乎在挑選等一下要出給咲太寫的問題。

咲太將麻衣留在房內，走到廚房以茶壺燒開水。

等水燒開的時候，他看向楓的房間。電燈關著，看來已經睡了。

咲太拿著兩個裝了即溶咖啡的馬克杯回到房間。

「糖跟奶精呢？」

將其中一個杯子放在麻衣面前時，麻衣這麼問。

咲太想喝黑咖啡提神，所以完全忘了。

「我現在去拿。」

他再度離開房間，準備糖條、奶精與小湯匙。

回到房間，麻衣依然在看漢字題庫。

「麻衣小姐，來。」

「謝謝。」

麻衣接過糖與奶精倒入馬克杯，以湯匙緩緩攪拌。

咲太享受著麻衣充滿女人味的一舉一動，喝了一口咖啡。黑色的苦澀液體進入胃部，這股熱度令他放鬆。

「你妹呢？」

「好像睡了。」

楓大約一小時前來過咲太房間，不過知道咲太在用功之後，只說聲「請加油」就離開了。

「麻衣小姐是獨生女？」

咲太總覺得肯定是這樣。

「有妹妹。」

麻衣用雙手捧起馬克杯送到嘴邊。

「啊，是喔？」

「和那個母親離婚的父親……再婚之後又生了一個孩子，所以只算是半個妹妹。」

「可愛嗎？」

「輸我。」

麻衣不加思索就回答，講得理所當然。

「唔哇～～真不成熟～～」

聊這個話題時，意識不知為何突然模糊起來。

頭有點昏，眼皮也特別重。

「明知自己比較可愛，卻稱讚別人可愛。你喜歡這種女生嗎？」

「那是我討厭的類型。」

「對吧？」

「就算這樣，連妹妹……」

咲太並不是刻意停下來，卻沒辦法把話說完。

感覺逐漸遠離身體。

即使覺得不妙也攔不住。

咲太抓住桌邊，支撐身體。

眼睛已經連一半都睜不開了。

「太好了，看來真的有效。」

咲太抬起頭，麻衣的複雜表情映入狹窄的視野。她以溫柔的視線看著咲太，但是雙眼深處隱藏著確切的不安，眼角透露怯懦的心情。

「麻衣小姐……妳做了什麼……」

麻衣纖細美麗的手指握著某個東西。

小小的瓶子，標籤印著「安眠藥」。

「為什麼……」

聲音使不上力。

「咲太很努力了。」

「我還……」

即使想撐起身體也逐漸無力。

「為了我這麼努力。」

「……不對。」

「所以，夠了。這樣就好了。」

麻衣伸出手輕撫咲太的臉頰。感覺好溫暖、好舒服。有點難為情，也有點發毛。不過連這份感觸也逐漸遠離身體。

「一點……都不好……」

咲太沒感覺到自己有好好說話。

「我原本就是一個人，所以沒事的。只不過是被咲太忘記，算不了什麼。」

麻衣的輪廓逐漸模糊。她的手依然按在咲太的臉頰，指尖輕撫到耳朵下方。

「即使如此，至今還是謝謝你。」

咲太還沒做過任何麻衣該道謝的事。

「還有，對不起。」

也沒發生過任何麻衣該道歉的事。

「好好休息吧……」

在溫柔聲音的引導之下，咲太終於閉上雙眼，意識瞬間落入舒服的夢鄉。

「咲太，晚安。」

逐漸落入深沉的夢鄉……

沒事的。

雖然現在或許還覺得難受，覺得悲傷……

不過等到天亮，這些心情都會連同我的記憶全部忘記。

別擔心任何事，好好睡吧。

這三週，我過得很快樂。

咲太，永別了。

第五章

只有妳不存在的世界

1

身體在搖晃。
某人輕輕搖晃著身體。
「……哥。」
遠方傳來聲音。
「……了。」
聲音逐漸接近。
「……哥哥。」
熟悉的聲音。
「哥哥，天亮了。」
漆黑的世界射入白光。
「……嗯？」
咲太隨著意識清醒，緩緩睜開雙眼。

睡昏頭而朦朧的視野中，是楓朝床頭探出身子窺探的臉蛋。微開的窗簾縫隙間射入光線，好刺眼。

「考試到今天吧？會遲到喔。」

楓再度緩緩搖晃咲太的身體。

「噢，嗯，沒錯。期中考……呵啊～」

咲太忍著呵欠，坐起上半身。

全身倦怠，如同感冒初期的感覺，身體微微發熱。不過，與其形容成身體不舒服……正確來說應該只是累過頭了。

咲太克制想睡回籠覺的慾望，一邊對抗疲勞感一邊下床。今天是期中考，要是缺席或遲到就糟了。得補考的話總是很麻煩。

時鐘顯示現在是七點四十五分。要前往學校，首先得徒步十分鐘到藤澤站，搭乘約十五分鐘的電車，在七里濱站下車之後再走五分鐘進教室，總共約三十分鐘。

非得在八點前出門，所以時間所剩不多。

「楓，妳幫了大忙。謝謝妳叫我起床。」

「叫哥哥起床，是楓的生存意義喔！」

楓可愛地露出甜美微笑，但咲太無法老實地誇獎。

「楓最好尋找其他的人生樂趣喔。」
「比方說幫哥哥刷背？」
「必須是我以外的事。」
「我不要。」
楓一臉正經地拒絕。
「我這個做哥哥的，真擔心妹妹的將來。」
咲太一邊這麼說一邊打開衣櫃準備換裝。
從衣架取下制服襯衫時，不小心手滑使襯衫掉下去，蓋在下方的紙袋上。
「這是什麼？」
咲太撿起襯衫，窺探紙袋裡頭。
楓也從旁邊探頭。
兩人的視線同時捕捉到紙袋裡的物體。
「……」
「……」
短暫的沉默填滿室內。
「哥哥，這……這是什麼？」

楓指著紙袋裡面裝的東西，慌張得聲音顫抖。

咲太也想問這個問題。

屁股有顆白毛球的黑色緊身衣、同樣是黑色的褲襪與高跟鞋，還有蝴蝶結、白色的袖飾。最後從紙袋出現的，是整合以上衣物的象徵——兔耳頭飾。

從哪個方向怎麼看都是兔女郎裝。

「我想讓楓穿這套嗎……」

只有這個可能性。

「咦？」

楓嚇得僵住，總之咲太只拿頭飾戴在她頭上。

「嗯，不錯。」

「我……我不穿！楓穿這種性感路線的衣服還太早了！」

察覺危機的楓匆忙逃離房間。

咲太沒興趣一大早就追著抗拒的妹妹跑，所以將衣服放回紙袋，收進原本存放的衣櫃。

「我累積太多壓力了嗎？」

咲太穿上襯衫，扣好釦子，套上制服長褲，隨便打上領帶。有點歪。

「……」

平常總是不以為意就出門，今天卻不知為何想調正。咲太解開領帶重打，這次打得筆直。

穿上制服外套之前，先將課本塞進書包。咲太注意到放在桌上的筆記本，拿起來看。

「這是什麼？」

咲太隨手翻頁，上頭整齊地寫滿文章。

還以為是現代國文的筆記，不過仔細看就知道不是筆記。

開頭是注意事項，內容看起來像是日記。

——以下所寫的內容，老實說，你應該會覺得難以置信，不過都是真的，所以務必要看完！務必！

——五月六日

遇見了野生的兔女郎。

兔女郎的真實身分是峰原高中的三年級學姊，那位赫赫有名的「　　　　　　　　　　」。

這是契機，這是初遇，不可能忘得了。

就算忘記也一定要想起來。未來的我，好好幹啊。

咲太苦於反應。

「我的黑歷史嗎？」

多愁善感的思春期，應該也會因為各種鬼迷心竅，導致奇怪的妄想爆發吧。咲太不記得為什麼會寫這種東西，但筆跡確實是自己的，貨真價實是自己的字。既然這樣，這些內容果然是咲太寫的。

不過，愈看愈令人不敢領教。

後續依然都是關於這個疑似虛擬女友的記述，頁數大概是整本筆記本。在車站月臺聊的話題、在江之電的交談。曾經約會，還一起前往名為大垣的城市。

咲太幾天前確實去過大垣，不過是因為當天突然「想去這裡以外的某處」而跳上電車，很遺憾是一個人的旅行。

「……」

只是，咲太很在意各處的空格。文章不時會開一個洞，填上某人的名字就會完美。大概是四或五個字。

「意思是要我交到女友之後，將女友的姓名填進去？」

愈來愈令人不敢領教了。這東西再怎麼樣都不能被別人看見，看來最好早點處理掉。

坦白說，這東西堪稱人生污點的等級。

偶爾混入像是說給自己聽的字句，更令咲太不敢領教，難為情到全身發癢。
時鐘發出聲音告知現在是八點整，咲太想起自己正急著出門。
他將筆記本扔進垃圾桶，穿上制服外套，抓起書包。
「我出門了。」
咲太知會楓之後，前往學校。

2

通往車站約十分鐘的路程，咲太稍微加快腳步。
穿過住宅區，度過一座橋來到大馬路。等了幾個紅燈，進入車站周邊的鬧區。看著路旁小鋼珠店或家電量販店的建築物，不久就看見車站的招牌。
早上的藤澤站氣氛一如往常。在這個時段，上班的白領族與上學的學生形成數條人流。有人從車站走向公司，有人前往轉車的月臺。咲太是行經連通道趕往江之電藤澤站的人們之一。
咲太穿過驗票閘口的時候，平常搭的那班電車還在月臺。他一邊調整呼吸，一邊進入第一節車廂。

站在另一側的門邊，隨即有人接近過來打招呼。

「喲。」

輕輕舉手問候的是國見佑真。

「嗨。」

電車起步之後，佑真雙手抓住吊環，目不轉睛地觀察咲太的臉。

「今天氣色好多了。」

「嗯？」

「你直到昨天都一臉喪屍樣吧？你是考前臨時抱佛腳的類型？」

「不，是放棄掙扎早早睡覺的類型。」

「我想也是。」

昨天肯定相當早睡。記憶只到晚上九點或十點左右。明明是期中考期間卻比平常早睡。

不經意看向車內，看得見不少人身穿峰原高中的制服。許多學生打開課本，希望考試分數盡量好一點。

佑真也從書包拿出數學課本複習公式。

咲太不時妨礙佑真用功的時候，電車經過腰越站，窗外是遼闊的大海。

此時，咲太覺得似乎有人在看他。

「……」

咲太有點在意，不禁轉頭。

「怎麼了？」

佑真露出疑惑的表情，大概是覺得咲太的行動很奇怪。

「沒事，我感覺到視線。」

咲太說到一半，和站在下一扇車門的女學生四目相對。依然洋溢生澀氣息的峰原高中新制服。是古賀朋繪。

「唔，那個女生？她是一年級吧？」

朋繪明顯移開視線，所以佑真也看出來了。

「國見，你也認識？」

「她經常和旁邊那個朋友一起來看籃球社練習。」

朋繪身旁確實有個看過的一年級學生。

「社員們對那兩個女生的評價很好，說她們很可愛。」

「原來如此，換句話說，剛剛她們是在看你？」

原來自己誤會了。咲太覺得超級丟臉又難為情。

「不，我覺得應該不是。」

佑真將注意力移回課本。

「為什麼？」

「她們來看練習，好像是為了三年級的學長。」

「是喔……」

「不提這個，連班上同學名字都記不熟的咲太，居然認識一年級的人，真稀奇。發生了什麼事嗎？」

「發生了一點事。」

「喔，耐人尋味耶，告訴我啦。」

佑真放棄念書，咧著嘴輕撞咲太的肩膀。

「我們只是互踢屁股的交情，沒什麼。」

事情發生在上週日。一個迷路的小女孩造成奇怪的誤會，演變成奇怪的結果。

「光是互踢屁股就夠奇怪了吧……」

「人生也會發生這種事喔。」

「但我至今的人生沒發生過……你的人生會朝向何處？」

「朝向不是這裡的某處吧。」

「這是怎樣？」

咲太將視線移回窗外，當成結束話題的暗號。

內心覺得不對勁。

和古賀朋繪相遇的經過沒問題。不過，促成相遇的來龍去脈，咲太不知為何想不起來。

電車抵達七里濱站之後，身穿峰原高中制服的學生們紛紛下車來到小小的月臺。

咲太也是其中一人。

一邊感受著潮水味，一邊和佑真並肩走在通往校門的短短道路。

周圍傳來「考試慘了」、「完全沒看書」、「咦～～我也是～～」或是「說那種話的傢伙一定有念書」這種朋友之間的閒聊。

「期中考」這個共通的問題擋在全校學生的面前，但除此之外就是一如往常的通學光景。

日常的景色。

日復一日，大同小異的互動。

雖然沒什麼特別快樂的事，也沒有麻煩到令人厭惡的事。

大家表現得還算不錯。

這樣的「平凡」位於咲太面前。

兩個一年級學生小跑步超越咲太與佑真。是古賀朋繪與她的女性朋友。她們似乎在討論考完要去唱歌慶祝。

「咲太呢？考完有什麼計畫嗎？」

「打工。你呢？」

「社團活動。畢竟大賽快到了。」

「這樣啊，那太好了。」

「嗯？哪裡好？」

「如果你說要去約會，我會火大吧？」

「這是週末的樂趣。」

「國見，你這傢伙真討厭呢。」

「直接把想法講出來的咲太也半斤八兩。」

「比那種只放在心裡的傢伙好吧？」

咲太與佑真拌嘴到一半，就抵達校舍入口。

在鞋櫃拿出室內鞋換好，走上二年級教室所在的二樓。

咲太在走廊和不同班的佑真道別，獨自進入二年一班的教室。

坐在靠窗最前面的座位。

今天的第一堂課考數學Ⅱ，第二堂課考現代國文。

某些同學焦急地進行最後掙扎，某些同學仔細重看筆記準備考試，其中也有人早早死心睡覺。坐在斜後方座位的上里沙希甚至一大早就在吃Pocky，大概是幫大腦補充糖分應考吧。

咲太在意著不知為何癢起來的鼻子，姑且拿出課本。

「該不會感冒了吧？」

他以面紙擤鼻，檢視高次方程式的例題。

不經意覺得非得考出好成績才行。

將例題看完一遍的時候，手邊突然變暗。

因為某人站在正前方。

咲太不用抬頭也知道對方是誰。即使低頭看課本，也隱約看見比制服裙子長的白袍衣襬。

「雙葉居然主動來找我，真稀奇。」

「這個。」

理央一副嫌煩的模樣，遞出一個西式信封。

「情書？」

「不是喔。」

「我想也是。」

咲太知道理央的心上人是誰。

總之，咲太收下信封打開看，裡面當然有信紙。可以看嗎？咲太姑且以眼神向理央確認。

「……」

等到理央默默點頭之後，咲太打開信紙大致瀏覽一遍。

——這是以空想科學的方式，將觀測理論進行荒唐無稽的擴大解釋。假設所有物質都是經過他人觀測，才能確定以物質形式存在於這個世界。在這種狀況，如果「　　」的消滅源自全校學生無自覺的無視，那麼只要梓川創造出超越這些無視的存在理由，說不定就可能拯救「　　」。總歸來說，將不想看的東西加蓋，讓「　　」回到確定形體之前的機率波形狀態……也就是恢復為如同空氣，還沒定義其存在的模樣，只要以梓川的愛超越全校師生這種「一開始就將其當成不存在」的潛意識就好。

各處出現奇妙空白的詭異信件。咲太完全看不懂內容。不過這是理央寫給咲太的信，這是唯一能確定的事。

「……」

咲太以眼神要求理央說明。

「我也不知道。我昨晚發現這封信夾在數學Ⅱ的課本。」
「這是怎樣？」
接著，又將一個相同的信封放在咲太桌上。
「這也一起夾在課本裡。」
咲太就這麼不明就裡閱讀第二封信。
信裡只有短短一句話。
——什麼都別想，把信交給梓川。
看起來是理央寫給自己的信。
咲太想起今天早上在臥室看過類似的東西。那本妄想筆記本。
某個東西卡在腦中。無法想起那是什麼東西，只有心神不寧的感覺擴散到全身。
「總之信交給你了。」
理央只說這句話就準備離開教室。
「啊，喂！」
呼叫聲和鐘聲重疊，咲太這時候只能暫時打消念頭。
班導進入教室，班會時間開始。
「期中考今天結束，不過就算考完也不要玩得太瘋啊。」

咲太聆聽班導性急的忠告，再度閱讀剛才理央給的信。

——這是以空想科學的方式，將觀測理論進行荒唐無稽的擴大解釋。假設所有物質都是經過他人觀測，才能確定以物質形式存在於這個世界。在這種狀況，如果「　　」的消滅源自全校學生無自覺的無視，那麼只要梓川創造出超越這些無視的存在理由，說不定就可能拯救「　　」。總歸來說，將不想看的東西加蓋，讓「　　」回到確定形體之前的機率波形狀態……也就是恢復為如同空氣，還沒定義其存在的模樣，只要以梓川的愛超越全校師生這種「一開始就將其當成不存在」的潛意識就好。

「愛啊……」

不過，他還是搞不懂這封信的意思。

3

第一堂的數學Ⅱ，感覺考得還不錯。

答案欄全部寫滿，還仔細寫下算式。咲太不經意覺得一定要寫詳細。

平常懶得檢查答案，但這次也檢查了，應該可以期待拿下高分。

第二堂考現代國文。

以鐘聲為暗號，同學們同時翻開考卷與答案卷。接著教室裡響起自動鉛筆的書寫聲。

咲太寫下班級、座號與姓名，接著檢視問題。首先是閱讀問題。先確認題目再看內文。

大約花二十分鐘拿下第一座堡壘。

接下來同樣是閱讀問題。是課本沒有的文章。

似乎會花很多時間，所以咲太決定先寫最後面的漢字填空。

模稜兩可的辭彙填空。

一、成為他的保□人。

二、保□國家的安全。

得在空格填入正確的漢字。

咲太毫不猶豫在第一題填上「證」、第二題填上「障」。

「……」

寫完這兩題，咲太手上的自動鉛筆感受到迷惘而停止。

不同於考題的其他疑問浮現在腦海。

剛才的題目可以輕鬆解答，是因為昨天的用功。

不過，咲太無法清楚回想用功時的狀況。

不舒暢的突兀感從頭部傳到身體，逐漸變成不悅的感覺。似乎想得起來卻想不起來，就是這種不舒服的感覺。明明已經來到喉頭卻接不下去。

愈是思考，靜不下心的感覺就愈強烈。咲太察覺某種情感從體內提出訴求。

「……這是什麼？」

說真的，這是什麼感覺……

內心有高興的心情。

也找到悲傷的想法。

還有快樂的感覺。

即使如此，卻也湧現強烈的心酸。

數種情感撥亂咲太的心而消失，然後重現。如同潮來潮往，持續搖晃咲太。

此時，突然有液體滴在答案卷。

還以為是流鼻水，然而不是。

是從咲太眼中滴落的

淚水。

咲太連忙抬頭。考試的時候突然哭出來，根本有問題。
鼻子吸氣忍住淚水的這一瞬間，某人的聲音掠過腦海。
——「沒有任何人能保□咲太的未來」的空格要用哪個字？
熟悉的聲音。
——也可以改成「奸詐作弊的咲太安全無法得到保□」喔。
腦中的霧逐漸散去。
——「保證」是打包票的意思，「保障」是類似保護的意思。
依照這個教導，咲太得以確實寫下答案。
自動鉛筆從咲太手中滑落。
他覺得現在不是考試的時候。
身體對這股情緒起了反應，咲太猛然起身，完全沒有自覺。
「唔喔！」
坐在後面的同學縮起身體嚇了一跳，旁邊的女生「呀！」地尖叫。
全班停止作答，看向咲太。
教室後方的監考老師也朝咲太露出困惑的表情。
「喂，梓川，怎麼了？」

「我要大號。」

咲太說完，失笑聲籠罩教室。

「喂，你們專心考試。」

咲太趁著監考老師分神不注意，光明正大走到走廊。

經過廁所沒進去，直接下樓。

走到校舍入口很麻煩，所以咲太從一樓走廊窗戶翻出去。

想起重要的事情了。

重要人物的記憶復甦了。

為了她，咲太非得做一件事不可。

「啊～～真的爛透了……」

真心話自然脫口而出。

面前是峰原高中的遼闊操場。咲太以確認般的步伐，一步步走到中央。

「……我自己都覺得這個點子很荒唐。」

契機在於理央給的信。

信裡的最後一段話。

——以梓川的愛超越全校師生的潛意識就好。

接下來的行為是否是正確答案，必須試過才知道。
坦白說，這應該是一場不利的戰鬥。因為咲太接下來要對抗的是「氣氛」。
用推的、用拉的甚至用打的，都完全沒有手感的「氣氛」。籠罩學校的「氣氛」。咲太至今依然完全不想和這種東西交戰。
打造出這種「氣氛」的人們完全不覺得自己是關係人。
對這些沒有當事人意識的學生們講得多麼滔滔不絕，應該也撼動不了他們的心。
反正他們只會嘲笑咲太拚命的模樣。
只會朝著一頭熱的咲太潑冷水。
只會說「看一下氣氛吧」這種話，以借來的制式感想了事。
世間就是這樣，咲太也自覺屬於這種世間的一分子。
從眾的生活方式很輕鬆，這樣比較好。是好是壞全部由自己判斷會消耗熱量，要是自己抱持意見，被否定的時候將會受傷。基於這一點，只要和「大家」一樣就可以安心、得到安全，不用看自己不想看的東西，不用思考自己不想思考的事情。可以全部置身事外。
世間就是無情到這種程度。
無情到無自覺地孤立他人，不去正視被孤立的人。為了維護氣氛、保護自己，甚至可以面不改色地視而不見，即使某人因而受傷也事不關己。

世間無情到達成這種默認的共識，不用感受到任何痛楚就傷害他人。

不過，沒道理以「大家都這樣，所以跟著這樣」這種置身事外的想法折磨他人。即使大家都這麼做，也不一定代表這麼做是對的。況且，「大家」指的是誰？

那天，要是沒在湘南台圖書館遇見她，咲太也依然是身分不明的「大家」之一。咲太也是折磨她的原因之一。

既然察覺了，就非得做個了斷。

即使敵人是整座學校。

即使對手是全校學生。

即使是最不想戰鬥的「氣氛」，咲太也不能背對。

因為，咲太找到了比起維持現狀更重要的事物。

和她共度的時間真的好快樂。

總是將咲太當成晚輩捉弄的她；卻會因為情色題材而自爆，滿臉通紅的她；想隱瞞失敗而賭氣逞強的她。

只要咲太不合她的意，就會像是孩子般鬧彆扭的她。

任性，彷彿女王大人，心情不定，本性卻意外青澀，比咲太大一歲的學姊。曾經被她踩、被她捏臉頰，也被她打過。

被她耍得團團轉的日子美妙無比。偶爾反擊之後，被她以鬧彆扭的表情罵「囂張」，令咲太覺得高興又快樂，總之開心得不得了。

只有她會讓咲太擁有這樣的心情。

在這個世界獨一無二的特別存在。

知道這份喜悅的現在，人生要是沒有她就毫無意義。

正因如此，咲太不擇手段也要取回那些快樂的時光。

這是為此必須採取的行動。

再也不想和牧之原翔子那時候一樣，連一句話都沒說就永別。

不想經歷那樣的事。

「我再也不想去管什麼氣氛了，荒唐。」

咲太走到操場正中央，然後緩緩轉身面向校舍。

和三層樓高的建築物正面對峙。

全校學生約一千人。

規模與數量都是對方占壓倒性的優勢。而且無論做了什麼，要是被無視就完了。

沒什麼戰略。

就只是下定決心。

再也不去思考任何囉唆麻煩的事。
任憑自己的想法行動就好。
任憑自己的感覺行動就好。
絞盡腦汁想出來的理由或藉口，全去吃屎吧。
咲太踩穩雙腿。
深吸一口氣，朝丹田蓄力。
接著，他拉開嗓子。
「你們都給我聽清楚了～～！」
以這句話點燃開戰的狼煙。
「二年一班！」
咲太的聲音，在考試中的寧靜學校迴盪。
「座號一號的！」
喉嚨在顫抖，早早就開始疼痛。但咲太不打算停止。
首先起反應的是教職員室的窗戶。三個老師接連露面。他們以手勢叫咲太回來，但咲太無視於他們繼續大喊。
「梓川咲太！」

正在考試的校舍逐漸被喧囂聲籠罩。

「喜歡三年一班的！」

好像聽到某人對大家說「在操場」。

接著，教室窗戶接連打開，許多學生看向咲太。

「櫻島麻衣學姊！」

咲太一說出這個名字，全身就起雞皮疙瘩。情感從全身毛孔噴發。有種散落的拼圖瞬間拼回原貌的舒服感。這一瞬間，咲太將自己對麻衣的心意化為確實的情感。

咲太吐出長長的一口氣，擠出一切，然後一口氣吸入體內。看向校舍，學生們擠在教室的各扇窗戶，注視操場的咲太。

咲太專心承受約一千人的視線，讓自己的心情爆發。

「我喜歡櫻島麻衣學姊！」

朝校舍釋放所有的心意。

「麻衣小姐，我喜歡妳～～！」

幾乎要扯破喉嚨……咲太祈禱這座城市的所有人，甚至更遠的人們也聽得見，表露這份重要的心意。

讓大家無法無視。

不准大家視而不見。

吐露自己所有的心意。

咲太上氣不接下氣，淒慘地大口咳嗽。

首先降臨的，是洋溢困惑氣息的漫長沉默。

接著開始出現疑問的低語聲，成為議論紛紛的氣氛。

全校學生的視線集中在操場中央的咲太。集結為一的視線成為巨大的鎚子壓住咲太全身。但這並非猛烈的一鎚，是讓人半死不活，不上不下的威力。是慢慢掏挖、折磨的討厭感覺。

好想立刻逃走，好想衝出校門回家。

用盡全力的表白也以揮空告終。

「啊～～可惡！果然變成這樣嗎？這根本白丟臉了。真是的，這是怎樣？」

咲太接連咒罵。

「所以我才不想對抗氣氛。」

咲太承受著視線，搔了搔腦袋。

「這種演變，真的是爛透了……」

「死心回家」的想法掠過腦海，校門映入眼簾。

「……」

然而，雙腳沒有從原地向外半步。
「都做到這種程度了，沒得到麻衣小姐的獎勵就不划算吧？」
咲太半自暴自棄地面向校舍，再度大喊。
「想和妳一起手牽手，走在七里濱的沙灘！」
完全沒思考。
「想再看妳打扮成兔女郎！」
只有任憑情感驅使，說出心意。
「想緊緊擁抱妳！也想吻妳！」
咲太自己也逐漸不曉得自己在說什麼。
「總歸來說！麻衣小姐，我好喜歡妳～～！」
叫聲擴散到天空。受到全校教職員與學生的注目，咲太心情差到極點，卻只有這一瞬間感覺爽快無比。
終於，周圍鴉雀無聲。
如同預先說好般的寂靜。咲太覺得「靜觀其變」就是指現在這個狀況。
不曉得原因。
一個不認識的學生在校舍窗戶指著咲太。

咲太也不曉得這麼做的意思。剛開始認為對方是在嘲笑。
直到咲太察覺一件事，才懷疑這不是嘲笑。對方所指的位置，是咲太身後的不遠處……
隨著踩踏操場砂土的聲音，背後傳來一股氣息。
咲太驚覺並且倒抽一口氣的瞬間，那個聲音刺激著鼓膜。
「用不著喊得那麼大聲，我也聽得見。」
傳入耳中的，是甚至感到懷念的聲音。咲太想要永遠聽下去的……她的聲音。
咲太連忙轉身。
海風吹過腳邊。
制服裙襬輕盈搖晃。
看得見一如往常的黑褲襪。雙腿站得大約和肩膀同寬，單手扠腰，另一隻手整理被風吹亂的秀髮。眼角透露成熟氣息，看似有點生氣的表情卻也包含些許稚氣。
情感的浪濤從咲太腳邊一口氣往上捲。
麻衣站在距離約十公尺的位置。
「會妨礙安寧吧？」
「難得有這個機會，我想講給全世界的人知道。」
「你講的是日語，外國人聽不懂吧？」

「啊，說得也是。」

「就說你是笨蛋了……」

麻衣像是在按捺某種情緒般低頭。

「比起假裝聰明的傢伙好得多吧？」

「真的是……笨蛋……」

纖細的肩膀在顫抖。

「做這種事引人注目，又會傳出奇怪的傳聞喔。」

「如果是和麻衣小姐的緋聞，我非常歡迎。」

「我不是這個意思……笨蛋……笨蛋……」

「……」

「笨咲太！」

麻衣猛然抬頭，大顆淚珠不斷從雙眼滑落。

以慢動作踏出第一步。

麻衣跑向咲太。

咲太張開雙手，準備接住她。

剩下三步、兩步、一步……緊接著，「啪」的清脆聲響傳遍操場，爽快地擴散到高空。

吃驚的咲太在瞬間感到愕然。

緊接著，臉頰傳來火熱的痛楚。

他慢半拍理解到自己被麻衣打了。

「咦？為什麼？」

咲太率直發問。

「騙子！」

麻衣雙眼噙滿淚水，以隨時會爆發不安情緒的表情瞪向咲太。

「你不是說過絕對不會忘記嗎？」

咲太終於明白麻衣言行的原由。咲太被罵確實有理可循。麻衣說得對，他是騙子。

「對不起。」

咲太輕輕將發抖的麻衣摟過來。

雙手有些顧慮地用力。麻衣將臉埋在他肩頭。

「我不原諒……」

聲音被衣服蒙住。

「對不起。」

「絕對不原諒……」

麻衣一邊啜泣一邊以臉頰摩蹭咲太的肩頭。

「那麼，等妳肯原諒，我才放開妳。」

「既然這樣，我一輩子都不原諒你。」

聲音依然哽咽。

「咦～～」

「什麼嘛，你不願意？」

麻衣似乎稍微停止哭泣，將情感嚥回去。

「聽到漂亮學姊講這種話，哪有男生不願意……呃，好痛！麻衣小姐，妳踩到我了！」

「讓我講到這種程度，卻還想拿這種泛論逃避，好大的膽子。」

「那個，腳……」

「你很高興被踩吧？」

「抱歉，對不起。我在反省了，請原諒我。」

麻衣以腳跟用力踩，所以真的很痛。

「還有什麼要說的？」

「既然妳害怕到哭，別對我下安眠藥不就好了？」

「這些眼淚是用來讓你為難的演技。」

「那麼，謝謝妳關心連日熬夜的我。」
「不用客氣。但我想聽的不是這種感謝。」
麻衣的腳跟再度放在咲太腳上。
「你明明早就知道了。」
麻衣逐漸將體重壓在腳跟上。
咲太認命地說出她想聽的話語。
「我喜歡妳。」
「真的？」
「假的。我好喜歡妳。」
「……」
短暫沉默之後，麻衣離開咲太。淚已經停了，只留下淺淺的淚痕。
「咲太。」
「什麼事？」
「剛才那句話，一個月之後再說一次。」
「為什麼？」
咲太不明就裡，率直反問。

「要是在這裡回應，感覺好像是因為衝動與氣氛就被迫答應。」

「但我個人希望現在可以順勢吻妳。」

「而且現在臉紅心跳，或許只是因為處於這種狀況。」

麻衣害羞般撇頭這麼說。變紅的側臉可愛無比。

「麻衣小姐意外地冷靜耶。」

看來她不想被吊橋效應影響。

「我的意思是說，你也要好好考慮一下。」

「考慮什麼？」

咲太覺得自己對麻衣的這份心意，已經完全無須考慮。

「我年紀比你大喔。」

「我反而很歡迎。」

「對象是年紀小的男生，我會猶豫。」

「因為我不可靠？」

「這……並不是啦。」

麻衣縮起嘴脣低語。

「和年紀小的男生交往，感覺好像是我勾引人，不是很下流嗎？」

「我覺得本來就是這樣，所以也無可奈何喔。」

「我沒勾引你。」

「但我覺得妳老是在誘惑我耶。」

光是大致回想，也想得到好幾次愉快的親密接觸。要是加上捏臉頰與踩腳的次數，肯定有很多次。

「總……總之知道了嗎？」

「不知道。」

「不准耍賴。」

「那麼，我等不了一個月，所以可以每天講嗎？」

麻衣即使有些驚訝，卻還是不太抗拒般放鬆臉頰。

「可以是可以，但你要持之以恆一個月喔。要是做不到，我就當成你改變主意。」

麻衣說著輕按咲太鼻頭，露出惡作劇的笑容。好想獨占麻衣這張笑容。只有現在做不到，所以咲太決定讓大家一起看。

峰原高中的所有學生與教職員，愕然無語看著這樣的兩人。不知道該如何反應，只好觀察周圍的反應等待判斷。這種氣氛傳了過來。

「大家真的很喜歡看氣氛呢。」

麻衣看著校舍，露出諷刺的笑，接著深吸一口氣。

「咲太害同學送醫的傳聞！那是瞎掰的！」

她突然大聲告知。

瞬間的寂靜。

轉身的麻衣頗為得意。

「你希望我對大家這麼說，對吧？」

這麼說來，上次在江之電的車上提過這件事。

片刻之後，全校學生的驚訝情緒湧至操場。喧嚷聲籠罩學校。眾人感興趣的目光集中在咲太與麻衣身上。

「……總覺得大家的反應和想像的不一樣。」

這是當然的吧。他們並不是驚訝於麻衣告知的事實。

「我覺得因為麻衣小姐直呼我的名字，所以大家嚇了一跳。」

只在這一瞬間放棄看氣氛，緊盯眼前的八卦，忠於自己的欲望。這正是思春期。

「麻衣小姐害我備受眾人注目。」

「什麼嘛，只是一千人的視線就在意成這樣，你的自我意識也太強了。」

不愧是號稱家喻戶曉的藝人，講的話就是不一樣。

「也是啦，跟麻衣小姐比起來，或許差了三四個位數吧。」

終於，咲太的班導、副校長以及穿運動服的體育老師三人來到操場收拾這場騷動。

「要去教職員室被說教，真令人憂鬱……」

「沒關係吧？」

「哪裡沒關係？」

「因為我也會陪你一起被罵。」

「哎，這樣的話還不錯。」

至少在這段時間，可以和麻衣在一起。

咲太感受著麻衣就在身旁的事實，走向校舍。

和麻衣並肩前進……

就這樣，世界取回了櫻島麻衣。

終章

然後，黑夜遠離

不同於被思春期症候群捲入的五月，進入六月之後，咲太過著平穩的每一天。

依照承諾，每天向麻衣表白的平穩日常。

不過，在操場正中央大聲示愛，當然造成了影響……

咲太拿下至今的「送醫」招牌，被全校學生貼上「好瞎的傢伙」或「那就是傳說中的咲太」這種標籤。光是經過走廊就聽到竊笑聲，待在學校愈來愈不自在。

不過，咲太順利取回麻衣，所以他看開，覺得「無妨」。老實說，要是不抱持這種心態就會撐不下去。

「咲太的心臟果然是鐵打的！」

佑真捧腹大笑。

「我如果這樣會丟臉到死。不愧是梓川，你是青春豬頭少年。」

和他在一起的理央一臉正經地這麼說。

「這是什麼意思？」

「『送醫』的傳聞傳遍校內時，你說『和氣氛戰鬥太荒唐了』。你忘了嗎？」

「啊～～咲太確實說過，我也聽過這句話。」

咲太記得自己確實說過，這個想法至今也沒變。

「明明沒辦法為了自己認真起來，卻不惜為了漂亮學姊丟盡臉。這樣的你不叫青春豬頭少年要叫什麼？」

被講得這麼明，咲太也無從反駁。

「……」

理央說得對，咲太明明沒想過要改變自己周圍的氣氛，但若想到這是為了麻衣，就會不禁一頭熱，會在操場正中央大聲示愛。

「有個把柄可以笑你一輩子了。」

「等到我變成老頭子，你也要繼續提這件事？」

這種人生就某方面來說也不壞……就當成是這麼回事吧。

「我說雙葉。」

「什麼事？」

「到頭來，我可以認定妳的假設正確嗎？」

「天曉得。思春期的不穩定心理與強烈意念造成的虛假幻象……如果這是思春期症候群，科學驗證就不可靠。」

日後咲太造訪物理實驗室時，理央只是直截了當地如此回應。

「哎，話是這麼說沒錯……」

咲太覺得理央的推論相當合理。

麻衣表現得彷彿空氣，全校學生將麻衣當成空氣對待。如果這是下意識的行為，那麼麻衣等同於真正的空氣。不是「彷彿」，既然事實是如此，就和現實沒有兩樣。

而且，咲太覺得其他學校應該也發生這種狀況。因為許多人聚集在一起，肯定會營造出某種氣氛……

以麻衣的狀況，只不過是校內蔓延的默認共識，以思春期症候群的形式擴張到校外世界。如此而已。

如理央所說，繼續思考也無濟於事。

「哎，不過，我們的世界或許就是這麼單純，光是一個表白就會大幅改變。如同梓川親自證明的那樣。」

咲太準備離開物理實驗室的時候，理央一邊準備做實驗，一邊不負責任說著這種話。

至今聽過她不少說明，不過說來神奇，這番話聽起來最接近真理。

「或許吧。」

至少咲太身邊的日常世界，只以一個表白就改變了色彩。

麻衣則是在取回的日常中確實前進。
首先宣布回到演藝圈。
不愧是「櫻島麻衣」，記者會相當盛大。她姑且去見母親告知復出，但是一回來就到咲太打工的店裡，將咲太當成出氣筒盡情發洩了一頓，看來沒有完全和好。
即使如此，只要可以見面吵架，感覺就是相當健全的母女，而且母親確實想起自己有個女兒，咲太鬆了口氣。
就這樣日復一日。
經過約一個月的六月二十七日，星期五。
被妹妹楓叫醒的咲太，一邊聆聽電視播放的晨間新聞一邊準備上學。
『日本隊成功了！』
看來日本足球隊昨天漂亮獲勝。
『各位早。今天是六月二十七日，星期五。首先為您播報足球新聞！』
雖然不知道對手是哪一國，但是光聽主播興奮的聲音就知道國家代表隊立下大功。
電視播放的精彩片段是前半場即將結束時的自由球。球朝對方守門員反方向漂亮破網。
「那麼，我出門了。」

咲太看完之後對楓這麼說，一如往常走出家門。

徒步走到藤澤車站，搭乘江之電約十五分鐘，在七里濱車站下車之後，併入穿同樣制服的學生們的人流穿過校門。

沒發生任何趣事，但也沒發生任何怪事。咲太現在想感謝這種平凡的生活。

當天午休，咲太在三樓空教室和麻衣吃午餐。教室沒有其他學生，只有咲太與麻衣兩人。

兩人在看得見海的窗邊併桌，打開便當。

說來開心，今天午餐是麻衣親手做的便當。

這是昨天一段拌嘴的成果。

「麻衣小姐會下廚嗎？」

「會喔。畢竟我獨居很久了。」

「咦～～真的嗎？」

「什麼嘛，你不相信？」

「因為妳每天中午都吃麵包……」

「既然這麼說，我明天就做便當給你。」

發生了這樣的事。

打開便當，內容物真的豐富又繽紛。炸雞塊、煎蛋捲，馬鈴薯沙拉以小番茄點綴，甚至還有羊栖菜燉豆。

咲太感受著麻衣的視線逐一品嚐。好吃。調味偏淡卻很溫和，真的很好吃。

「好啦，為昨天的無禮向我道歉，誠心誠意求我原諒吧。」

麻衣露出得意洋洋的笑容。看來她從咲太的反應確信自己勝利。

「抱歉，是我的錯。我太囂張了。對不起。」

咲太率直低頭。老實說，這麼做算不了什麼。因為吃到麻衣親手做的料理，咲太就已經大獲全勝。

「知道就好。」

展現實力的麻衣很滿意。真的是雙贏關係。

「那個，麻衣小姐。」

咲太抬起頭，目不轉睛注視麻衣。

「什麼事啊？」

「我喜歡妳。請和我交往。」

「……」

麻衣很乾脆地移開視線，以筷子夾起自己便當的煎蛋捲送進嘴裡。

「……」
一口口咀嚼。
「……」
即使等到她吞下食物，她也沒回應。
「咦？不理我？」
「總覺得，沒有悸動的感覺。」
麻衣感覺無聊般嘆息。
「一個月都聽相同的話語，就會變得毫無感覺。」
「真過分，是妳要求我說的耶。」
「我說的是『一個月之後再說一次』，是你自己要每天說的。」
「話是這麼說，可是……」
「啊，對了。我確定要演出七月開播的連續劇。」
「唔哇……一般來說，這時候連話題都會換嗎？」
至今有誰的表白被這麼敷衍帶過嗎……
麻衣不以為意，從書包取出黃色封面的劇本。看得見上面印著「第六集」的文字。
「不過是深夜連續劇，只在中間一集登場的角色。」

對於至今主演許多戲劇的麻衣來說，或許是無法滿足的小工作。但是看她的表情就知道，她率直地因為接到通告而高興，而且咲太覺得似乎第一次看到她這麼開心地搭話。

不過，這和他表白被當成耳邊風的現在心情無關。

「啊～～我的人生是怎樣啊……」

咲太心不在焉地看海。梅雨時期來訪的短暫晴天，漫步在沙灘上似乎會很舒服。

「怎麼了？不高興我復出？」

「我好高興喔～～」

「而且有吻戲。」

「……妳剛才說什麼？」

感覺聽到一個不能忽略的詞。

「有吻戲。」

「請推掉吧。」

「有什麼關係？又不是第一次。」

「……」

大概是多心吧，麻衣好像又說了不能忽略的詞。

「麻衣小姐，等一下。」

「什麼事？」
「妳上次說妳是處女吧？」
「你不在意這種事吧？」
「不不不，不可以接吻。」
「我不知道這是什麼基準，不過對象是你也不行嗎？」
「……」
這次，咲太頓時聽不懂她在說什麼。
「咦？」
咲太遲一步才驚呼。
「我明明把初吻給了你，你居然不記得，差勁。」
「咦？不……啊？」
咲太試著回想，卻還是記不得。雖然記不得，卻不認為麻衣說謊。唯一想到的可能性，就是咲太忘記麻衣的那段空白時間。
「啊，難道是……」
「還以為只要吻你，你就會想起我，但現實沒能像童話那麼如意呢。」
麻衣露出失望的表情，令咲太非常難受。

「我一定會想起來，所以請告訴我詳細時間與地點。」

「不要。」

「提示也好。」

「絕對不告訴你。」

「拜託通融一下。」

咲太合起雙手懇求。

「不然，要再來一次嗎？」

麻衣說出這個意外的提議，揚起視線引誘咲太。咲太一直被捉弄至今，覺得這或許也是陷阱，但這個可愛的誘惑令他不忍心打退堂鼓。

「請務必。」

「那麼，閉上眼睛。」

「嗯？現在？」

還以為麻衣要重現初吻的光景，但似乎不是。

「不要嗎？」

「不，我要享用了。」

咲太閉上眼睛等待這一刻。心臟跳得好大聲，終究緊張起來了。

「要親了喔。」

麻衣的聲音有點害羞。呼吸拂過臉頰，感覺麻衣的體溫近在咫尺。肌膚感應到麻衣隔著桌子探出上半身。

約一秒後，柔軟的觸感包覆嘴脣。麻衣的脣意外冰涼，還有高湯的味道。和剛才吃的煎蛋捲味道相同……應該說，這根本就是煎蛋捲的觸感。

咲太張開眼睛一看，發現麻衣以筷子夾起煎蛋捲按在咲太的嘴脣上，拚命忍笑。

「你真的以為我會親你啊。」

壞心眼的笑容。

咲太沒回應，一口含住煎蛋捲，連同筷子一起享用。

「可以和麻衣小姐間接接吻，我好開心喔～」

刻意裝出這種生硬的聲音，吸引麻衣的注意……

「……」

正如預料，麻衣的視線很在意筷子前端。桌上的便當還剩下將近一半，她似乎在苦惱著該怎麼做。

「不過，麻衣小姐是大人，和年紀比較小的我間接接吻，應該也算不了什麼吧。」

咲太搶先封鎖退路。

「說……說得也是。」

麻衣稍顯猶豫，但是既然逞強了，只好以剛才餵咲太的筷子將飯菜送進口中。麻衣就這麼默默吃光便當，臉頰在這段時間染上一抹紅暈，非常養眼。

「話說在前面，不是我。」

麻衣以布巾包裹便當盒。

「嗯？」

「有吻戲的是主演的女生。」

咲太在安心的同時，心中也冒出不滿。

「麻衣小姐的個性太差了。」

「不過，你最喜歡這樣的我吧？」

「繼續這樣下去，愛情終究會降溫吧。」

「為……為什麼啦！」

驚慌的麻衣聲音比平常尖。

「因為，麻衣小姐好像完全沒那個意思……而且聽妳說沒有悸動的感覺，我好絕望。」

「……我沒說不行。」

麻衣鬧彆扭般噘嘴，打開連續劇的劇本。

「那麼，可以嗎？」
「呃，那個……」
麻衣以劇本遮住變紅的臉。
「可以嗎？」
咲太再度發問確認，麻衣只從劇本後面露出雙眼。
「……」
麻衣害羞地偷看咲太。
「……嗯，可以喔。」
接著，以幾乎聽不見的聲音點頭答應了。

這天，咲太不太記得後來的事。正式開始和麻衣交往，他心情完全飛上天，樂不可支。
到了隔天早上，這份幸福的心情也沒有平息的徵兆。
咲太一邊準備上學一邊哼著歌打開電視。不經意看向播放的新聞節目時……
『日本隊成功了！』
主播興奮的聲音傳入耳中。
「……」

咲太感到奇怪而注視畫面。他覺得好像聽過這句話。

『各位早。今天是六月二十七日，星期五。首先為您播報足球新聞！』

男主播剛才說了什麼？

六月二十七日。

他確實是這麼說的。

電視播放足球賽的精彩片段，咲太對此有印象。前半場即將結束時，日本選手踢的自由球破網得分。

咲太連忙回到房間，看向當作鬧鐘的數位時鐘。鐘面也有顯示日期。

「……這是怎樣？」

平常使用的鬧鐘也顯示今天是六月二十七日。

——這天，梓川咲太在昨天早晨起床。

後記

在幸福的巔峰發生詭異事態。
這是新的思春期症候群嗎？
抑或咲太只是在作夢？作了這樣的夢？
還是……
——咲太的命運究竟將何去何從？

本系列的第二集《青春豬頭少年不會夢到○×△□》，敬請各位期待。
○×△□的部分目前未定。或許不會特別花心思，而是以「2」定案。
希望能在夏天結束之前獻給各位，但實際出版日不得而知。（註：此為日方出版計畫）

就是這樣，我是鴨志田一。
初次見面的讀者，初次見面。

久違的讀者，好久不見。

上個月也見面的讀者，請繼續多多指教。

人們出乎意料不會造訪住家附近的觀光景點。

本次挑選的故事舞台就是符合這種感覺的地區。我的人生幾乎都在神奈川縣度過，覺得想去的話隨時都能去，結果反而沒有造訪的契機。

從我家到電擊文庫編輯部還比較遠呢。

以看得見海的這座城市為舞台，故事由此開始。要是各位繼續捧場支持，我會很高興的。

繪製插畫的溝口ケージ老師、荒木責編，繼前作《櫻花莊的寵物女孩》之後，本作也請多多指教。

那麼，相信在第二集也能與各位見面。

鴨志田一

Kadokawa Light Novels

我們就愛肉麻放閃耍甜蜜 1~3（完）

Kadokawa Fantastic Novels

作者：風見周　插畫：高品有桂

甜蜜蜜黏答答的時代已經來臨！
加倍肉麻青春愛情喜劇登場！

每天都過著肉麻甜蜜生活的我們，這次碰上了獅堂吹雪的曾祖母冰雨女士。她的外表看來就是一名國中生，個性自由奔放。她的一個提議讓我、獅堂、佐寺同學和六連兄被捲入肉麻甜蜜（？）的風暴之中，我和獅堂以及愛火三人的關係也隨之慢慢改變——

台灣角川

各 NT$180/HK$50~55

國家圖書館出版品預行編目資料

青春豬頭少年不會夢到兔女郎學姊：青春豬頭少年系列 / 鴨志田一作；哈泥蛙譯. -- 初版. -- 臺北市：臺灣角川, 2015.04-
面； 公分. -- (Kadokawa fantastic novels)

譯自：青春ブタ野郎はバニーガール先輩の夢を見ない
ISBN 978-986-366-465-9(第1冊：平裝)

861.57 104003100

Kadokawa Fantastic Novels

青春豬頭少年不會夢到兔女郎學姊

（原著名：青春ブタ野郎はバニーガール先輩の夢を見ない）

2015年4月24日　初版第1刷發行
2024年5月30日　初版第18刷發行

作　　者：鴨志田 一
插　　畫：溝口ケージ
日版設計：木村デザイン・ラボ
譯　　者：哈泥蛙

發 行 人：台灣角川股份有限公司
總　　監：呂慧君
總 編 輯：蔡佩芬
主　　編：林秀儒
編　　輯：孫千棻
設計指導：陳晞叡
美術設計：吳佳昀
印　　務：李明修（主任）、張加恩（主任）、張凱棋、潘尚琪

發 行 所：台灣角川股份有限公司
地　　址：104台北市中山區松江路223號3樓
電　　話：（02）2515-3000
傳　　真：（02）2515-0033
網　　址：www.kadokawa.com.tw
劃撥帳戶：台灣角川股份有限公司
劃撥帳號：19487412
法律顧問：有澤法律事務所
製　　版：尚騰印刷事業有限公司
ISBN：978-986-366-465-9